红楼里的波西米亚

赵汗青 著

长江出版传媒
长江文艺出版社

献给我的姥爷史瑞田

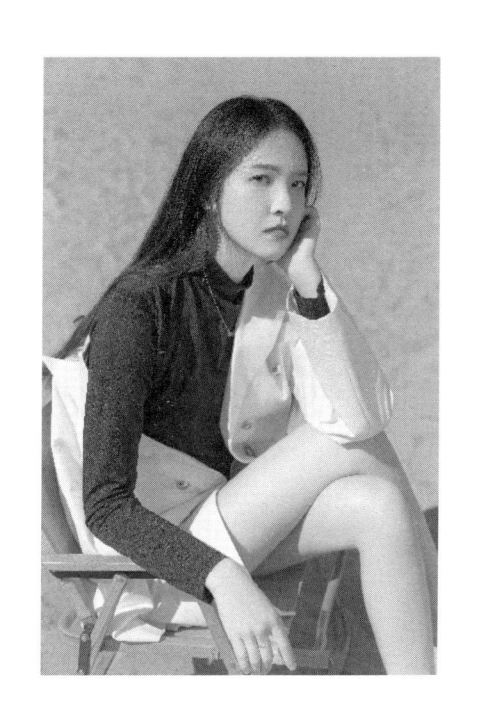

赵汗青

1997年生，山东烟台人，毕业于北京大学中文系。曾参加青春诗会、十月诗会，获光华诗歌奖等。作品见于《上海文学》《北京文学》《十月》《诗刊》等刊。从事戏剧创作，代表作为话剧《桃花扇1912》。

序　言

社交"恐怖分子"与当代诗

姜　涛

我有个不太靠谱的感觉，近来常在课堂上和学生分享，即：一多半的现代诗，都不同程度和各类"社恐"经验相关。因为厌倦琐碎的人事，排斥热闹的事功，在俗气的现实中感觉周身不适的诗人，才搬迁到语言的"纯洁部落"，或寻求游离与独在，或互称知音、抱团傲岸。当然也不是没有例外，我同辈的诗友中，胡子就是一个社交能力极其强劲的诗人，这种能力甚至塑造出一种"群"的美学，比如常把自己的"朋友圈"写进诗里，把诗写得热闹又深情。这样说来，胡子之后，赵汗青大概是我认识的第二个社交能力强大到恐怖的写诗人，虽然中间相隔了有20多年。

我认识赵汗青相对较晚，那时她写诗时间并不很长，对当代诗的各种门道，却已相当熟稔，一开口就能滔滔不绝，大段陈述自己对于学院诗歌的反思。最初读到的是《闲情赋》这一首，在课堂讨论中，我说这首表面"撸猫"的诗，实际是一首伪装的情诗。这个判断，当时让她颇惊喜。《闲情赋》应该算她的代表作吧，其中有"猫乃流体，随物赋形"一句。确实，这首诗极具流动性，在"我"

"你"的对话中展开，洋溢了一股浓郁的古风，华丽又繁复，却没有太多类似画风常见的冗赘感，而是贯穿了一种蓬松舒展的感兴，像宠物的皮毛一样，富含了阳光和空气，在"闲情"诗体的化用以及向前辈诗人致敬方面，也做到了驾轻就熟。但，相比于文学方面显著的天分，接触下来，更让我吃惊的，还是那种罕见的、和任何人都不"见外"的能力，一般学院、诗坛乃至"社会人"中间客套的距离感，在她这里似乎从不存在，哪怕刚认识不久，也能突然间杀到你的近身，展开积极社交，热烈攀谈。说实在的，这种从不"见外"的风格，其迅疾猛烈之势，密集之频次，会让像我这样的拘谨之人招架不住。包括这篇短短的读后感，因为感觉没资格和能力去评价这些诗，本来要坚决推却的，无奈作者回环往复做思想工作的能力，实在是太过强大。

说自己没有能力把握，还真的不是托辞。虽然诗集中的作品并不难进入，在不同类型文本和经验中穿织、游走的方式，用各种语言技巧按摩感官的方式，基本是在90年代以来当代诗的轨范之中。作为博闻强识的文科生，赵汗青也从学院诗歌的小传统、从前辈的师友那里汲取了很多、转化了很多。然而，在核心的气质上，她的诗却和我熟悉的学院诗歌迥异。怎么说呢？当今的学院诗人也不都是一脸板正，力图通过写作去担负什么、回应什么，可大体上说，大家还是习惯在语言探索的途中顺便挖掘一下深度自我，即便不一定挂上苦闷面具，人和诗总会略带一些清苦、严峻的气息。赵汗青的诗，好像自动绝缘于这样的气息，她的诗骨子里是享乐主义的，每个细节都洋溢了一个社交"恐怖分子"的自我愉悦、自我夸饰。在一篇创作谈中，她说要在诗中"复活一个舞台"，这也是我在她诗中读到的感觉。一般的现代诗学也常会强调诗歌结构、语感方面的戏剧性，赵汗青诗歌的"舞台感"并不止于这一面，因为对她而言，诗歌本身好像就是一个舞台。在这个舞台上，写诗人不一定就是苦闷作者，也不一定就是"活在汉语迷人镜像中"的手工艺人，他/她还可以是某一种演员，可以是在语言中浓妆艳抹、长袖善舞的自我展示者，现代诗"文备众体"的包容性、伸缩性，刚好为这种自我展演提供了可能。在新诗的传统中，严肃的诗人对于过度的自我展演，总会保持一种警惕，冯至就批评过所谓的mannerism。这个mannerism翻译成"矫揉造作"的话，其实并不十分合适，因为偏爱"姿态"的心情，并不总是浮泛的，"矫揉造作"到了一定的程度或深度，也可带来某种文学的明朗和率真。对于现代诗陈腐"潜规则"不怎么在乎的新一代而言，mannerism或许没什么不好，或许恰恰是心思单纯、热烈的表现。怎么着吧！就是要舞文弄墨，就是要夺人眼球，就是要一个句子中极尽所能，渲染才情和爱欲，就是将写作当舞台、当秀场，尽可能迎风并且招展。这是让我感觉新奇又不知如何评价的第一点。

另外，兰波说写诗"必须绝对现代"，这个说法描画了现代诗的某种宿命。约略来说，不光为了追新求变，更要保持一种开放的、变化的历史意识，时刻强调感受力、世界观的不妥协。赵汗青说不喜欢"客观庄严"之物，对于"必须绝对现代"一类动力和压力装置,大概也不觉得有多么庄严。然而,在"好古"这一方面,她是认真的,说自小就"爱听古人节义事",喜欢"那些惊心动魄、奇趣横生的真人真事背后荡气回肠的价值"。换句话说,现代写作复杂的传动机械内部,安装的还是一颗古典浪漫的核心,不担心张扬,俗白一点无妨,最重要的是能持续澎湃。从小处敏感的卞之琳,到迷恋"汉语之甜"的张枣,"好古"乃至"化古"的经验,在新诗史上并不鲜见,至今,也是不少当代作者仍在努力的方向。但从某个角度看,前辈诗人的努力,好像总是在用一类个人化的窄小框架,将古典传统某一部分的情绪和经验,转化到现代的颓废和敏感性中来。赵汗青和她周边好友的"好古",与此不同。因为成长于重视国学、重视古诗文阅读的时代气氛中,加上各类武侠传奇、古今穿越文化的影响,对于这一代来说,那些读得滚瓜烂熟的古诗文,并不是什么特别需要转化的资源,就像学院里的各种八卦和段子,生活中的芜杂人事和"梗"一样,都是随意取用的东西。因而,事情还没有夸张到"传统"与"现代"之间的对接、转化这个地步,只是偏爱"古人节义"的固有性情,吞噬了、集纳了一切。这样的用典或"用梗",也就不是鳞次堆砌、故作高深的那种,而属于废名所说的"溢露"派——"天才的海里游满典故的鱼",随随便便,就可肥美地跃出来。当然这海里,也游着其他各类掌故和八卦的鱼,由此形成可供闺蜜、同侪"集注"的狂欢性。这里,没有学院文人对于繁琐引文乌托邦的向往,更多还是当代花红柳绿青年文化顽劣之娱乐精神的显现。这样的态度，这样的"好古"，也是我的感受力、判断力不能完全跟进的。

当代诗歌的批评者，因不满足于做单纯的表扬者、细读者，总会时不时忧心忡忡，想发现一些限度和疑点，寻找一些可能的新局面，比如，讨论当代诗如何突破"现代性"获得"当代性"，如何在语言的"自嗨"之外还有更多的思想力和现实感，如何通过重提"不合时宜"来凸显"同代人"的精神肖像……种种的构想和设计，好像都指向一种可以构建的"未来"。但文学的未来，从来不是线性规划出来的，更可能是在不同能量的汇集和转换、更多人群的加入和碰撞中偶然绽开的。赵汗青也学着老一辈"现代派"样子，谈25岁之后是不是写诗的问题，她的回答是"大不了不写了"，那种艾略特式的成熟心智和历史意识，不在她的自我规划之内。不把写诗作为某一种终身的志业，而是一个阶段性的体验，我觉得这个态度很健康，也是多元诗歌文化应该有的向度。目前来看，赵汗青在戏剧方面的热情就很高涨，她的毕业大戏《桃花扇1912》在B站上赢得众多喝彩，未来成绩自然可以期许。而且，她说过以后真正要写的，是金庸气魄的浪漫小说。不知为何，听她这样说，可能出于某种潜在的防御心理，我也替那些严峻一点、"社恐"一点的当代诗，暗暗松了一口气。

目录

辑一　诉衷情

1897，或毕业歌 ·················· 003
西湖夜饮 ·················· 007
闲情赋 ·················· 009
芒果树黄熟的街道 ·················· 011
樱桃笺释 ·················· 014
颐和园，颐和园路 ·················· 016
九宗罪 ·················· 017
水瓶动物 ·················· 020
浴缸里的水瓶座 ·················· 022
怀抱 Tristan 看《燃情岁月》 ·················· 024
大卫的氧气瓶 ·················· 025
猫员外酒馆 ·················· 026
毕业大戏 ·················· 028

辑二 丑奴儿

海淀夜游人 ……………… 037
他点起一支戴笔帽的烟 ……………… 039
ENTP 献给 INTP 的野猫 Disco ……… 041
写给蚊子的忏悔诗 ……………… 043
翅客夜宵 ……………… 046
泸州细腰 ……………… 048
马夫人 ……………… 050
鳗鱼颂 ……………… 052
地毯上的女房东 ……………… 054
等待猫兔 ……………… 056

辑三　懒画皮

蝴蝶与吗啡 ·················· 061
泸州熊 ······················ 064
叼扇子的人 ·················· 067
摇粒绒哀怨的舞蹈 ············ 069
秦淮河上的蜜袋鼯 ············ 071
上海丽人 ···················· 073
夏至女孩 ···················· 074
藏獒球星 ···················· 076
台北客 ······················ 078
泸州小野猫 ·················· 083
女嵇康 ······················ 085
天鹅王子 ···················· 088
怪力乱神 ···················· 090

辑四　一篚风

嗅觉动物 ················· 095
那夜，苏堤吻过塞纳河 ········· 097
季夏即事 ················· 099
北京剧院之夜 ·············· 101
亚热带生活 ··············· 103
桃花校园 ················ 105
返校日 ·················· 107
残雪日访潭柘寺 ············· 108
北方白鹿洞 ··············· 110
清晨，客厅变得很嫩 ··········· 112
春天，营地里出走了小白兔 ······· 114
家属区 ·················· 116

辑五　思往事

李香君在 1912 …………… 121

贺兰敏之 …………… 124

希孟 …………… 129

鱼玄机致恩师温庭筠 …………… 132

醉清波（或鱼玄机与猫奥妙）……… 135

卡米耶·克洛代尔致薄命司代理人 … 137

遥寄纳兰容若 …………… 139

汉娜 …………… 141

杨过与黄药师 …………… 144

风之画员写意 …………… 146

在张国荣自杀地前 …………… 148

1997 年冬，赵汗青致下之琳 ………… 151

辑一　诉衷情

1897，或毕业歌

如果你生于1897，一个尚不存在我的母校的
空旷的年代。比空旷更寂寥的，是你都不知道
这，也将是你的母校。王府遥映着荒草
我们的母校如蚕叶上的幽灵，拖着残阳的血渍
千疮百孔地游荡

一岁时你缩在乳母胸口，来到我错过四年的
蓝绿色地铁站。第一次目击鲜血的你
觉得它跟日落唯一的区别就是：一个向上，一个向下
一同降落的还有垂帘般的校门，如刽子手怀里
钝锉的断头台。你吮着笋尖一样细嫩的小手指
把肃杀秋声嚼得奶声奶气

1912年，我21岁的时候，你才15岁
酒杯大小的双脚和书签似的短发，立在《申报》的
正反两面。战舰如海葬的鲸鱼，成群结队
破釜沉舟。你的小船刚刚挂起面朝着扶桑的帆
我的归舟却早已沉在浮梁水底
长江铮铮的珊瑚，每一朵都是我不得不爱的枯骨
低头，深深吻向襁褓中的牌坊
还君明珠，不如还君明月光：

孩子……哦,好吧,弟弟:你未来的母校里,依旧会有桃花
缀点于水榭高楼,像在谧谧夏夜里
躲手绢的萤火虫。月白色的衫子有什么难以忘怀?
只要走得够远,你甚至还会见到
月白色的眼睛

1936年,我18岁的时候,你39岁
红砖黛瓦的民国,师生恋像无数花径未扫里
丛生的鹅卵石。再多酒,再多桥,再多云
都与我们无关——先生,我们去看雪吧?
对,"何时杖尔看南雪"的那个雪
也是历史从今以后,最后一场地道的红楼飞雪
我在国文门学到的,全是天文知识:比如一千年
青天里的太阳和月亮,才会碰头一次
上回的是李杜,下一轮的金风玉露
用的是年号还是公元纪年?死神替我推着你的摇椅
告诉我:红上衣要配红裙子。不然阳关千叠
我要认不出你了。
先生,我再也不看文学史了
谁说死亡就比白头更迟?都是骗人的
我和梅花,都不相信

1952年,你55岁的时候,我19岁
沙暖睡着的鸳鸯被迁徙到清冷湖畔
喝着奶粉长大的我,直到骨质变成骨殖

也不懂猜忌与背叛，何以成了人类磨牙时的口粮
我法律上的"爱人"是你生死簿上的凶手
换句话说：我的丈夫，是你的儿子
就像我们背后更庞大的时间
我们剪掉辫子，放开脚，住进这座
旧王朝的园林，袅袅且腐朽
楼船画桥早已葬身烈火
我脚下的石舫，是皇室的最后一颗舍利
跳下去的那一刻，我迟疑了：不是怕水冷
而是怕湖底的旗头与花翎，仍要竖着殉节殉国的吊梢眼
演绎阴间的"人言可畏"。于是，入水的时候我反复念诵
一个最暧昧的"殉道者"的自谓
我只能在心里记住，一个你都不知道的
殉情人的身份——千秋万载，都不会名正言顺

春草渌水，我赤脚踩在苔藓未干的额发上
提着两只温顺的白鸽子。远远看到你也光着脚
迎面走来，手上是两朵展翅的白玉兰
晚霞氤氲中，你我唯一信任的香气
只是洗发水潮湿的余韵，浑然不知什么叫
千古流芳。自由的单车从无数黑夜里喧嚣而过
只有我们的几位老师，还在固执地写竖排繁体
还在不懂事地，传授一些唐诗宋词里的春天
1984年，你20岁的时候，我也20岁

你低头对我说：
"等了你一百年，你终于来了。"

2020年春分日，本该于北京大学

西湖夜饮

他从妖魔鬼怪的河流里
爬出,雨
擦干他身上的水。夜色
卸掉彩色的妆,眉目如画擦掉画,就
美得像纸,像氧气在
呼吸着春天。

路上风在开花,雨在开花
音乐在开花。而花
躲在暗处,思考着自己
成为花的命运——它的胎像是水波
它的胎盘是黄昏。它缺水的骨骼选择
生在七月,从湖水里
开出玉树临风

走进夜色,才知道
夜色是最好的。
夜色比春色更好,夜色让水
成为水。平湖秋月,老去的水
断桥残雪,弧形的水;柳浪闻莺
窃窃私语的水……夜色解开水的年纪

水的语言,水的形状……
夜色把水,还给水。夜色给了水
无名,无名天地之始。而名字?
名字是它的第一颗绿水藻

太初有水——水是这样告诉我的
它告诉我,宇宙的起源
是荡漾,是摇曳,是波动
是以柔克刚。是一种,像扇子一样
收起的舞蹈。在时间里,悠悠的
它告诉我:一生二是哲学,一摔二是
哲学生出的小儿子

————赠魏伸洲

闲情赋

久候的茶杯垂钓出了
酒杯的感觉。碧螺敞开圆鼓鼓的胃口
迎送一尾尾的春如线
太五月。鱼的纲目都长成了藻类植物
瓷器的水底早已万事俱备,只欠一只寄居蟹

长久的居家开始现形:天长地久
原来是一只猫。我用分针的韵律开始摆弄这条
残雪压枝犹有橘的大尾巴
挠得时间开始发痒,挠得空气
也变得毛茸茸的——记住噢,两小时后
我的猫饼要翻面。白色偏多的这一面
得多涂些奶酪

直到我融化成外酥里嫩的阳光
床单已经兜不住我了。我像收网的四点半
一样蔓延,见到两只脚的一切
都想像尾生一样,抱住不放
或者说,"抱柱不放"
"你不可以言而无信的哦
……你若有心,吃我这半条儿小鱼干。"

拿鱼做相濡以沫的聘礼
是我们猫与猫之间才懂的黑话

一种奇异的依恋——想做你的猫
胜过做你的女儿。难怪陶渊明倾心于
当她的梳子,胜过当她的身体发肤
偏心穿过她肩上的垂柳,如折扇梳过歌声
我是在你每一寸无需裸露的肌肤上
都可以覆盖的身外之物
猫乃流体,随物赋形
我是你的遮遮掩掩,也可以是
你的青山遮不住

我像好奇一只蜻蜓一样好奇你
好奇心,让我提早捉光了今夏所有的蝉
旷日持久,听起来像旷古里
养了颗耳朵会动的毛线球
躺在你的床上看窗外,像一条鱼眺望大海
早知道,就应该在三月的时候
做你的一只石榴
只要我不开口,你永远不会猜到
我身体里还睡着那么多
从不会因天亮而苏醒的
蜜蜂最喜欢的花

芒果树黄熟的街道

挨得太紧的骑楼像一对书名号。
我,站在窗前。抬手
擦拭我的空旷。一个烟火气的时刻。一首
咬字清冽的粤语歌,从我的楼下
烟波一般升起

我的面前应该有一道河岸
大船搁浅成一艘,背阴于亚热带的楼房
湄公河啊,何其妩媚。水声蒸腾出一枚
唇形的梦,印在道别的玻璃窗上

当时她还未完成。
两片混沌的轮廓微启着
圆钝钝的情话:
L'amant, mon amant.
音节暧昧成两颗带白气的糯米团子。唔……嗯。
一点点被消化的街市声,开始浸泡我
卧室里的岑寂。即使没有《吴哥窟》的旋律
这也是最适合情人在夏天
穴居的岩洞。用力,我拉开窗
戳破这最后一场柏拉图

闹市音像哗哗作响的百叶帘,当胸涌入我
默然如四壁的怀抱。看,连夏至的黄昏
都无法启蒙这座自甘沉溺的半岛
我的《情人》,仰卧在我身后的床上
轻轻拆下身上的书名号。
一个够美的人,脱衣都如同翻书
看他衣衫褪尽,就像
观赏白雪如何在你面前
卒章显志。结束后,可以再回味一遍
这出芒果味的中篇小说。配着故事
呼吸古铜色的空气,揉皱凝脂样的床单
把湿滑的思想,写上
布满汗珠的纸张。光影错落里
他有黄种人的腿和白种人的肩膀
沉睡,像两滴混血融进雨水

在比她还小的年纪,我就开始
坐在有声的书名号里,思考热带。思考它
单纯的怯懦、静穆的放荡。椰林里赤脚跑出
连衣裙的夏娃,她带着滚烫的肺腑
肺腑外是形同虚设的冬天。冬天与肺腑之间
是永远缺席的肉体
它缺席成一座没有信仰的寺庙
它缺席如一个曾停泊于热带的男人

我漫步在芒果树黄熟的街道,漫步在
永远会在下个路口到来的西贡。
抬起头,青青的枝叶里一盏盏
从不会因白昼而熄灭的
甜甜的灯。每个角落里都有歌声袅袅,像东南亚
丰沛的、袅袅的河水。我想这袅袅的世界
脱掉下半身的纱裙,飞鸟一样
飞往悠远的天空

樱桃笺释

今年春天,没人给他写信
只有她时常寄来一些樱桃
寄来他们故乡的温度、湿度、折角的霭霭停云
启封的蒙蒙时雨,以及一些比红豆
更适宜在北国长相思的诗。于是,他写道:
第一粒,他咬到了红宝石的小指头,
软和硬的界限渐渐消失在
舌头打出的节拍中。遥远的细雨
下在离心跳最近的地方。
第二粒,他咬到了白兔的耳朵,
绽破的毛细月光挑逗着紧闭的嘴唇。像肋骨里
刚睡醒了一只猫,伸手便在他身体里
挠出阵阵比羽毛更痛的痒。第七粒,他咬到了
一串春天嚼剩的省略号。把娇嗔变成如鲠在喉
并不比吻到入口即融更复杂。像爱情
把自己潺潺地淬炼成,两颗汉语言冰糖
在化冻的时节叮咚:"要是我写到第一万粒,
小梳子会看一辈子吗?"在最后的地址栏上
他这样写道。"当然。"她的回复比心跳还快,
"死前在身上文个文身,转世成胎记
提醒自己,下辈子接着看。"她给一生中

最猝不及防的美,都提前预留了两辈子
但来世给他们赊下的是一片白茫茫:只忠于
前世的守宫砂落成一身,比肌肤更白的雪
而他会用衔玉而生的右手拨开诗集
重寻芳香的樱桃树

颐和园,颐和园路

春天的雨下出了秋天的感觉。淋湿了
一座 1912,一条 1898。和无数个陈腐的春天里
山桃花一样,埋得浅浅的我们
比风流更薄的是
掩风流的浮土。几乎要胜过我
比四月更薄的绿胸脯

淅沥缝纫回廊。我的手指缝纫
你的手掌,鱼缝纫湖面。把听力
打散,随烟波,去明察春毫
听见雨中好多词人
线粒体般大,纷纷地
纵身表演投湖自杀

远远看去,园林活像一截
从失血的 19 世纪剪剩的脐带。暗示
爱,只能是最不轨的传宗接代。正如我
血统纯正到,永远可以叫老师
"师兄"。王朝披上了缂丝的雨衣
是为黄昏

九宗罪①

整个爱尔兰都在下雪。
听觉想起这一句时,她正在白布单上展成一床
此起彼伏的雪。循环的歌声蹭得空气也
摩擦生热。出轨、倒带,把雪脱落成雪白
把音符脱成两片唇形的孤男寡女
用西半球音韵相响以湿
……?好像真是这样:全球酒店的床单
都是白色的。换句话说:地球上
每张无定所的床,都是爱尔兰。

一月,她对着空窗打字
十指躁动成烟花,揉搓
弹拨,再把褶皱的夜色,折叠成
藏着糖果色引信的礼物盒:
诗人,完稿的日子,是我为你选定的情人节
你是青年时就住在历史里的人。是
俊朗的诱惑,妩媚的侠客,风萧萧兮的垂柳
我用带酒窝的笔在满纸的笔锋和藏锋中寻找

---

① 九宗罪,9 Crimes,为爱尔兰音乐诗人 Damien Rice 的经典名曲。

你含蓄的嘴唇——读书人的吻能叫接吻吗?
那得叫"唇吻道会"!我要把你写成一棵树
所有长叶子的骨节,都长满云纹的千纸鹤
自己扇动春风。于是,她在冬风里
点燃他送的音乐小火炉。一开口
山河就匍匐成风笛的腹部:
啊……原来汉语的遗腹子
也喜欢爱尔兰

五月,她为因十指相扣
而单手开车的作家选曲。这几日春雨绵绵得像
头顶晾了根回归线,正好用这
靠近北极圈的懒音,逼净我们身体里
最后还年轻的水分
"听出来了吗?"
"……是我第一次给你分享的……?""是。"
是分享,是背叛,是知错不改的时间
是第一次。不轨的默契一旦弃影成三
就会缜密成钻石最不合时宜的切面
是我来晚了吗?像晚来天欲雪一样晚?
唉,诗人,难怪你喜欢爱尔兰。

躺在爱尔兰的土地上,黑发的情人问她:
"那他一般叫你什么?"
"小梳。"

"'小梳,我对不起你。'"
"'诗人,我爱你。'" 神圣的短句最适合用来
口是心非,正如床头箕坐的美人,决定后半夜
用樱桃味的太初有言,滋润干涸的耳廓:
你是肌肉记忆的诗。象形的汗
滴满星空与枕套,我闭上眼
浑身都是夜盲症,只能用抚摸
读透你身上一寸寸柔软滑腻的山河

黑暗中,莎乐美对道格拉斯说:
"再来一回"。就像那些动人的女子
在诗中对他所说的

水瓶动物

半糖去冰的夜晚,你舒展着
手指或臂弯。像一枝月光下的昙花
打着熹微的哈欠。而我,轻轻剐蹭着你
一个翠生生、湿漉漉的名字——
南宋的山,晚唐的水
那些脆弱王朝里的景色,最适合养育你
比春风更威风的属相。你说
柔软的尾音却在我肩上
蜷成一朵融不化的兔尾巴

十二点,你的小兔饿了。于是它跳下床
窝在一隅,吃汤圆
把糯米舔到皮肤上
红豆嚼进眼睛里
捧回手心对视的时候
你双眼黑得无辜,丝滑的空气
一下被点睛成珍珠奶茶

两点,你偷食的浪漫主义血统
在下雪的洞穴里,酿成滚滚的巧克力馅
让我们,把这温热的心跳

一口口,咽成我们的心脏
我们漱口的语言
声韵皎洁,吉他没听过
酒杯,也没听过

四点,窗外簌簌而下的羽毛
在纸上,重新落成一只鹤。一次又一次
你用传教士身韵进入那个轻盈
又轻盈的信仰。轻盈到一座山
都兜不住一个清晨
宝贝……你好连绵啊

连绵的清晨搭上远山的脉
六点,我抚着你的头发
害怕揉乱这个,停泊在你身上的
最后的黑夜。你依然沉睡
依然披山带水。时间在你枕边
转得蹑手蹑脚,像一朵云
在云间转腰。这时候,我是不是该
还原成一颗露水,好让你
青山遮不住地拥有我

浴缸里的水瓶座

"你知道,很多西方人在水中分娩吗?"
迈入水中的那一刻,我问道。浴缸里的水瓶座
抬起头,一双黑白分明的泉眼儿,隔着玻璃杯
亮汪汪。"因为胎儿刚出生时,是不用肺呼吸的"
语言在水中渡成一条脐带,把蜿蜒的你
还给通透的我。在沉默中对坐
在沉没中,对饮我们一生中
所有应该洗礼的事

水位上涨。水淹过了我的心脏
加入你,这一缸水瓶座,就变成了双子座
对吧?我的星座,比阴阳鱼和鸳鸯浴
都更开辟鸿蒙。来,让我们交换星座
让我们斗转星移。回到生前,我们就是
羊水中的孪生子。最早的兄友弟恭,是
相互礼让:今晚,谁先来做那场用鳃呼吸的梦
回到史前,我们就是
海水中的海洋生物。让我用叶绿素记住你
你再用紫外线亲吻我

这个长夜不漫漫。这个长夜

像坐在了更漏里。在渐渐冷却的时间里
做可以创造生命的事，聊命运的缘起
——比物种起源更多舛。"它让我愿意活着。
因为它让我坚定地愿意为之而死。""15岁的我
像剔骨还父、削肉还母后的哪吒。我的骨骼
血管、身体发肤，都是碎的。它给我输了一身
荷花的血液，为我重塑了莲藕的肉身。"春天了
你这株比我更根深的浪漫主义，会和我并蒂吗？

像一朵睡莲突然立夏了一样。你披衣站起的姿态
比道德更美。天姿国色的先生，理应和光明一起
先天地生。
窗外泛起了雨一样的黎明。看——
世界，又开始了。

怀抱 Tristan① 看《燃情岁月》

我怀抱着 Tristan,柔软如草原。
Tristan 头发蓬松,像被水墨
浇灌的稻穗。就在他双眼垂下的地方
Tristan 从电影里
牧马归来。马群为它们奔跑过的大地
种下草原。这里,希望像绝望一样茁壮生长

Tristan,Tristan
他是不禁酒但依然荒唐的 20 年代
世纪和他一样,年轻得
只有 20 岁
西部的 Tristan,北方的 Tristan
他像羊羔一样赤裸
他像月光一样忧伤

---

① Tristan 为电影《燃情岁月》中布拉德·皮特扮演的男主人公的名字。欧洲爱情传说《特里斯坦与伊索尔德》中,男主角特里斯坦的英文也为"Tristan"。

大卫的氧气瓶

他仰卧在床上,像一座
放倒了的大卫像,正要趁夜色
被紧急运出刚沦陷的佛罗伦萨
青草运走的他,星辰爬上云的瞭望台
刺探军情。我望着这座远去的雕塑
隔着水与灯,隔着一个起雾,又
擦干了雾的神话

十天后,我从桌子上捡起
他遗下的黑口罩。像从月球上捡起一片
薄薄的陨石。戴上,一个气态的
吻,蒙住了我的口鼻。一个名叫
香的氧气瓶,在降温的深海里
吐着破碎的力

猫员外酒馆

你醉了。你醉得比"你醉了"更轻但却比
"我爱你"更沉。像一颗摇摇欲坠的月亮
终于坠到了酒杯里,沸腾的气泡
漫身飞舞,你终于从月亮
融化成了月光。

我会在今夜离开你。像每一个
完成的舞姿那样离开你,像
春天离开五月那样
离开你。你是被放逐到
大都市的罗密欧,跟我拿啤酒
反复排练殉情:三秒一次,无限续杯
嘴上的殉情比脖子上的更疼。

我们干杯,我们
隔着玻璃拥抱。你掐我
攥我揉我好像我正在
以手臂弥留却
用双眼出生。眼睛,眼睛是
白色的水护不住黑色的水,固态的水
饮不尽液态的水。

我们让酒桶哭泣着,有节制,没节制
透过眼泪的蒙眬,看过去
世界,是一个金灿灿的水族馆
这世界上会有很多人路过我们,像热带鱼
路过两座正在疯狂消逝的暗礁一样
路过我们,然后又忘记。

毕业大戏

序幕　鸿蒙开辟于鳖

所有的童话故事都要开端于
一个坏女人。她要愚笨、尖刻，年华逝去如月经般
一滴不剩，前挺后撅成一头
想学公鸡报晓的母鸭子，顾盼自雄地
雌威赫赫地，招摇过我们的青春。而我们——
四处张望，面面相觑，终于
低头，像找鞋一样找到了她
我们的命运开始于一个小人——小人，她和小矮人听起来
像表兄妹。告诉你吧，世界
我——读——过——书——我读过
圣贤书、反贼书，总有一天也要读我们这部
不够圣的美人书。

第一幕　我们睡上梁山

> 天上白玉京，十二楼五城。
> ——李白《经离乱后天恩流夜郎忆旧游书怀赠江夏韦太守良宰》

一座书楼——年久失修,背阴晦气
每天都有五百颗中国最杰出的项上人头进进出出
出出进进,运送外卖与疲惫——啊不
朝气!朝气不是卷,朝气是
用第一茬报晓雄鸡炸成的
老北京鸡肉卷。我们的美人圈
八宝儿楼台般堆砌在云端——推开斗室
牛奶、水果、导师托孤般托付的半瓶红酒
堆在地上。臭袜子、拽旗袍俏旗袍端庄旗袍和
嵇康、阿伦特、姜涛……
垫在腚下。如此甚好,如此
真是结结实实地坐在了巨人的斜方肌上!
抬脚出门,总会有几只马洛或仇兆鳌
被踩得吱哇乱叫,骂骂咧咧地控诉起:
想当年,这女人大一的时候,放任她的兔子
把尿撒在了黑格尔脸上——于是,至今
那本《精神现象学》依然黄得
像苏格拉底娶过的黄脸婆。
兔头博士、猫头舞女和
鲤鱼精摄影师在夜访后,通通大惊失色:
"赵汗青……你就是在这种环境里
写出《桃花扇1912》的?!"没错
斯是陋室,没人德馨。或者说
"美人德馨"。美人何必德馨,美人的德行

自然芳馨扑鼻。我们习惯以呼吸
勾肩搭背,用奶茶、鸡腿、樱桃和
樱桃小口直接或间接性接吻——常年共享菌群
于是生得越来越像一丛丛
同气连枝的植物。根,是四双奶酪棒似的美腿
纠缠在床下;叶,是三七二十一六六三十六只
飞鸟般欢笑的剪刀手,咔嚓在世上
我们轻浮到含着牙膏高谈阔论让盥洗室飘满
做梦的彩虹泡;我们深刻到在一句"小生侯方域
书剑飘零,归家无日"的天才倒叙后
同时捂嘴,失声痛哭,举着牙刷像举着两把
剑非万人敌,文窃四海声

第二幕　江山驴腾飞燕

　　平生少年时,轻薄好弦歌。
　　西游咸阳中,赵李相经过。
　　——阮籍《咏怀(其五)》

李夫人,赵飞燕,将进酒,背后
一串子武帝成帝
做男宠。跨上矮电驴,我们就
驾着这匹电动赤兔,折叠好大长腿
开始白日放歌的春猎。把桃花鹊纷纷射杀
玉兰鸽扑通落网,紫藤莺吓得四散逃窜

却深陷空中的竹陷阱。
史将军弃化学从厨，床下架锅，炖出
紫米和红烧肉，为欺师灭祖的伟业
打牙祭，咔嚓咔嚓。澳门丽人与我
端着米酒，花容夜行："悠着点笑
小心别怀了风的孕！"北大宋玉提着灯
夜很长，垂到了他的腰
何处被他走入，何处便是大唐
捏住脸肉，她以本色无效攻击："喵——
呜！"扯下衣领，他以香水哺乳你我："来，
吸！"作为丑学博导，我多想让众卿
延毕二十年，在这鸡鸣狗盗的女儿国
做一生的模仿秀——美丽女神、
油性诗人、小王八与师鳖亲家……
总有新的生旦净丑，来丰富我们
六畜兴旺的戏台。无人能免于
"培元北大自由意"的洗礼，它已被
乱颤的花枝、开合的肺，快乐成肌肉记忆
有时，不加辣的烤串也会催生另一种
押韵的辣："出身卑贱，爬至高位
又蠢又卷，可谓五毒俱全！"我们是
一盘跳棋，赤橙红绿，东南西北
怎么排列组合都是情侣，可以去图书馆
车棚下，轻易碾压一切没有自知之明的嘴
至于腿——腿是最可怜的，每天晚上

都要有两双腿，被撕裂于陈蔡之间
我们在夏天睡着睡着
就睡到了另一个人怀里，我们
是《金瓶梅》的皮切开有
《红楼梦》的馅儿。人玲珑，风月玲珑
需从天空中抠下一个春天
盖到地上，做我们风花雪月的墓碑

第三幕　大观园群芳散

> 愿为五陵轻薄儿，生在贞观开元时。
> 斗鸡走犬过一生，天地安危两不知。
> ——王安石《凤凰山》

最后一年冬天，我们去吃火锅。
看湿漉漉的红褥子在锅里
绽放成血淋淋的红牡丹。我们笑得肺泡又一轮
绽放了，然后你笑着说："真无法想象
我毕业的那一天，就好像
大观园散了一样。"我感觉心脏嗵的一声
坠入了陡然止沸的丹田。像被射杀的太阳
也会跌进东海的大火锅里。

是时候，复活一个孔尚任了。他死了
三百年，死得太安详了，有必要让他

死不瞑目——让他发现棺材板上
美在地动山摇。瘟神黑云压城,大王红旗半卷
太学的胡子掉光了
掉成了大学。他发现阳间的女人已经
不可理解了,当她当街抓住250斤的胖学工
为民请命,当她在金銮殿般的灯下指挥
香艳的千军万马。腿是军队,腰胯是军队
水袖是攻破的护城河,决堤到他脸上
在生与死之间。他腐烂多年的心脏
在抖,如闺门旦头上的蝴蝶。他看到
一个小孔尚任在哭——披头散发,身挂浴衣
光着脚四处乱跑,年轻得都不够给他
做妾。他看到好几个李香君在哭
是影子,是鬼魂,是回光返照时唯一会
返回的记忆……她们死得
跟自己的死亡那么死生契阔。

当她在定点光中金灿灿地降生,如一座
千百年来一直在死,却始终不死的水晶像
当他们带着满脸的鼻涕泪,公主变小丑的
残妆,三天都收拾不完的美丽废墟
离开——孔先生,徘徊在
空荡荡的戏台上,感受到一种
掘墓人般的爱。

爱是三个人徒手两小时装好
疼痛的水晶灯。爱是奔跑,
从台左到台右,从
破灭的光明到虚构的光明。爱是相信
爱是假。爱是若穹顶
今天就要砸下来,我们
就是好一群醉生梦死的兵马俑。

尾声　士为知己者生

来,听着——
"再也不会有人像你一样
色艺双绝,忠肝义胆
荣华富贵,绝色美男
福如东海,寿比南山!"来,听着——

宝贝们,我们终有一死。
在死之前,让我们浩浩荡荡。

辑二 丑奴儿

海淀夜游人
——和《鸟经》，兼赠姜涛

夜游七年，从未有鸟鸣幸临我的耳蜗
定是燕大草木不够滋补，都喂不出一只
婉转的布谷。不然呢？它的老家可是"水木清华"
蓊郁到把诗集，滋润成养殖手册。此刻
春夜，世界安静得像一种吞咽。从来，夜游都比睡眠
更熟悉我，正如校门口炒面摊的杰哥
比博导亲。我说毕业了要跟他合影，请他用
油烟甜美的手掌，为我百无一用的头脑加冕
在别人的梦里偷渡太快乐了。6小时
黑色留白太快乐了。虚度，
太快乐了。我快乐得必须就地从聊天框中
选拔出一位幸运男友
唱凯歌。可怎么没有鸟伴奏呢？
我想它肯定是死了。自从它野生的主人
背叛了生物医学，就再也没人会用开瓶器
给它做心肺复苏。是被压抑了吗？
压缩成无数个金黄的、尖叫的肺泡，不睡觉，
在长短行间玩高低杠。他说把聪明翻得糖醋些
聪明是一个来自天津的大师。他说把脑筋抻得风流些

你就能拿它制一把冬不拉博取女房东的欢心①
我爱人,但我更爱千人沉睡
我独醒。故而能在凌晨三点,化身虎鲸
巡视幽深的海域。蠢钝的海豹跟鞋盒一样规矩
码满我五层楼的领地。如何能在海洋里打水?
如何能在海洋里刷牙?我不,我要做一只
矫健的海豚,从深海里高高跃起,把太阳
像马戏团的皮球一样,顶上天空。

---

① 化用自保罗·策兰与姜涛诗句。

他点起一支戴笔帽的烟

迟到后,我潜入他的课堂,呼吸着自己:
嗯……有两只小鼹鼠,正在我的耳根里
窝藏香橙。没错,这清爽的橙花味香水
令我闻起来像一位
该在凡尔赛宫里剖瓜切菜的仕女。而此刻
本高贵的 18 世纪遗孤,却要迎着投影仪
淫威的目光,问好断头台似的
垂下脖颈,演习不曾欺师灭祖的纯良——

同学 A 是资深 PPT 朗诵家,妇女解放的历史
在她缜密的声线中,缠上了更紧身的裹脚布
同学 B 是难得的相声表演艺人,同旧报刊里
唾星四溅的青年,展开激烈如湘菜的
群口社交。我知道,未来的幼发拉底河学者
将在他们当中诞生。睡莲出水般
拔泥而起,盛开一场长聘制的不朽
流芳到,3021 年的博士,也要捧读
他们楔形泥板上的 C 刊

同巴比伦慵倦的河水一般
我的教授倚窗默然。春天的他

英俊得突然很 20 年代。我坚信,他学识渊博
青春抖擞,定是曾跟陆小曼的妍头
一起打过水,和张充和的姐夫一起刷过牙
刚和鲁郭茅一块撸过猫
就去酒吧里,调笑巴老曹。我走上前
想闻到他与我同样甘洌的香水味
想套出他与 19 世纪的接头暗号。结果
他点起一支戴笔帽的烟,说:
"干不了,谢谢。"

ENTP 献给 INTP 的野猫 Disco[①]

处女座在天空登基的时候
骄纵的 INTP，掏出长尾后的望远镜
开始不怀好意地占星：哇，不远处
有一条双子座正以天狗之势奔袭而来
准备一口咬掉紫微星的屁股。INTP
摩蹄擦爪，纵身一跃
成一抹皎洁的天猫，开始追尾呼啸

呔！孽犬，哪里逃？！
啊？死猫，关你喵事？没听说
老头子刚被加冕长庚文学奖吗？
趁他依然：笔头子刚健、脑瓜子提溜
眼珠子眯成掉毛的丹凤惺惺然若
洞若观火……赶快！去拾点牙慧
抠点余唾，用我们
专业抛砂、业余拆家的蹄爪
在培养皿里埋好他的植物
为千年后的博物馆倒卖包浆盆景

---

① ENTP 和 INTP 均为 mbti 十六型人格中的分类，前者为辩论家人格，后者为逻辑学家人格。

猫子，你懂不懂：下三烂的土狗才在自己的
脑筋上飞跑，我们是高贵如
开阀煤气罐的柯基、该拿接飞盘
博士学位的天才边牧，在玉帝的语言中枢里
拉起咆哮的雪橇车。那些精神都在耷拉的
垂耳兔，统统要被我们
判以寿命3倍的有期徒刑。叽叽歪歪的
期期艾艾的，呜呜嘤嘤的……全都
全都，全都要被我们
吞天食日的牙口、尾气弥漫的追逐
剥皮碎骨地吃掉。

写给蚊子的忏悔诗

我叫小嘤嘤,九头身帅哥,美腿纤长
还穿着小麦色紧腿裤。一个春天的夜晚
我和一亿年前的祖先一样,开始
上夜班。这间饭店不错!凌晨四点,还点着一盏盏
好客的台灯。一番侦察,登窗入被的,我看准了
一大块美女肉——昨天,我下嘴的是她的舍友
用她肉眼都看不到的一小滴血,喂饱了我的老父老母
和被杀虫剂熏出痨病的爷爷。今天我要
多工作一会儿,多觅一些食物。我全家就能吃得
更饱一些。我还要拿血做一朵
香喷喷的红玫瑰,送给我的小盈盈
我要为她攒出一颗红宝石,向她求婚
然后在我们冬暖夏凉的下水道里,生一群
小荧荧与小雯雯……想到这些,我幸福得
狂飞乱舞,为此引来了几次阴风阵阵的巴掌
哼!我躲,我躲!我可是油烟机障碍飞行大赛的第一名
咦?这女的在看啥呢?她面前的屏幕在乌漆墨黑的夜里
亮成一座鬼火旺盛的平面坟场。上面布满了
蚊子腿、苍蝇翅、一撮撮虫子尸体,歪斜地挤在一起
我凑近了,想看看是我的哪些前辈
死得这么有创意……

咚！一记重锤狠狠地落在我的身体上，猝不及防
我结实地跌落在油腻的键盘上。我的眼睛被
砸进了胃里，与此同时，我看到自己的肠子也将要
破肚而出——不行，不行……我抬起疼痛的六腿
我要把我的肚肠塞回去，把我辛苦收集的
芬芳甜美的血塞回去。我要带着满腹的珠宝与佳肴
回去……回去……
回去……
回去孝敬我年迈的父母，回去喂养我贫血的爱情
但渐渐的，我眼中的绿宝石开始失焦
体内的红宝石开始逃亡。在最后的一次对焦中
我看到这个把我捶碎的女人，流下了一种
据说人类特有的叫眼泪的东西。
她捧着我，她边哭边捧着我，把我放到了一丛
正在春风中瑟瑟发抖的冬青叶上。风起了
但已不属于我残碎的翅膀。太阳升起时
我想起来小时候，爷爷给我讲的故事
是我的曾爷爷，从一个人类小孩的摇篮前听来的
(他当晚就死在了小孩母亲的蒲扇下
临终前，他把这个故事告诉了爷爷)
曾经，有只小美人鱼，为了救一个王子
在黎明时，化成了七彩的泡沫。
爷爷，爷爷，黎明来了——
我死后，也会化成泡沫吗？
为什么，人会为美人鱼的死而伤心

却从不会为我的死难过呢?爷爷,
如果有来生,我不想做蚊子了①。
(你想做人吗?爷爷问) 不,
我想做小美人鱼。

---

① 在生物学上,吸血的是母蚊子。本诗出于剧情考虑改成了公蚊子。

翅客夜宵

"事业有成者总是姗姗来迟"。①
女诗人落座后,第十三只属相——
猹,开始在无数条西瓜色的血管里
蠢蠢欲动。我抄起一个深蓝如绍兴夜空的啤酒瓶
倒出四杯金黄的圆月:"敬发胖的自由!
敬嗜辣的文学!敬五瓜丰登的爱情!"
还冒着热气的秋夜先舔舐了一遍我们
马上要累哑的喉咙。开动——
从生蚝里剜出今晚第一颗
性感开胃小瓜。它丰满如少女的
眼珠,却因阅历了太多辣眼八卦,长出了
呛人的韭菜与蒜末。我们屠戮着柠檬鸡翅
一边咀嚼电影系孙二娘在诗歌中
尾随钢铁男教授的绯闻。她大概坐拥一座
种满玫瑰的十字坡,每天拎着有机肥
表演醍醐灌顶。以及——
上第二盘瓜时,我真诚发问:
这年头,当通房大丫头,都要有博士学位了吗?
内卷啊,内卷!比我撸食的培根卷金针瓜

---

① 化用自姜涛《毕业歌》。

还内卷,比万柳学区房价更哄抬。只是……
这贾赦头顶地中海,发丝根根油光如
打了恒河水摩丝,凭什么也玩得了俏平儿?
引发瓜田地震的,还是5G时代
超音速信鸽,掌握的
《金牛座西门庆与大西洋李瓶儿通信集》
一时间,群獾寂静如群山,烧烤店被我们埋头苦读成
旧报刊阅览室。爽口的拍黄瓜在桌上
自己咔嚓着自己,替我们模拟那令闰土警觉的
大脑运转声。网线上的李瓶儿依旧满脸猫
似要把潘金莲那头雪狮子的爪印
写遍花容。官哥儿在西门庆笔下
夭折成奥菲利亚。我们抬起头,一脸脸
瓜尽獾亡的疲惫、兴奋。从幸存的花蛤里
扒拉出几块残肉,给胃压压惊

回校后,躺在宿舍的床上,我仍在对女诗人
反复吟诵,更年期李瓶儿的爱情箴言
像蒜香的舌苔在为牙缝里的孜然行散。

——赠葭苇

泸州细腰

大老远的,我就望见了你——前凸对仗着后翘
惟余一搦细腰,在阴雨的江城
扣题纤云弄巧。天呐,一夜之间,好多楚王
像捉拿孙猴子那日下凡的天兵天将
纷纷跌落地表。失足的男人
在水草间,高一声,低一声
美人儿,你正好就着这男中音洗洗脚

秋意凉,衣衫薄,外凉内薄得
像一颗男人的心,被我们压马路的步伐
踩在脚下——让他隽永!让他深刻
让他刻骨铭心。"你在这儿好生不朽着——
小姐妹,且吃茶去。"你的杨枝甘露是中秋月色
被劲歌热舞的嫦娥,拿高跟鞋捣得稀碎
我炯炯的黑糖珍珠像戴了特大号美瞳
在我寡淡的食道里顾盼生姿。自拍时
我们仅需 15% 的湖光来给
这两座浅笑的山色加滤镜。看——
我的酒窝深远,你的鼻梁高远
两双眉毛连在一起,就是好一抹
平远的川西平原

不只要美美与共，还要细细商量，丑
在我们女儿国的刑期
有的刺配胯下，有的游春示众
有的被我们切片精修，装裱成美甲贴上的琥珀
我们左手捧着甜，右手拎着辣
清秋正在凉拌你我头顶的月色
等睡着后，为我的梦宴送上夜宵。

——赠蔡英明

马夫人

马夫人的先生是抒情男高音段正淳、
弃麦从戎的白世镜、开口笑时
像撬开瓶燕京啤酒一样灿烂的
乔帮主。这些男色,浓妆艳抹成了马夫人
风月哈哈鉴里的马先生。

春分日,俏生生的马夫人光着被蝌蚪
混淆成莲藕的小脚丫,在软糯的故乡
踩破一池池的《西洲曲》。她把江南
蘸饱了白糖,去蒹葭深处
钓饵佳人。与此同时,佳人在下雨的空谷
刷洗他的皎皎白驹。像在为她反复抛光
自己的姓氏

谷雨后,她揣着满怀的种子和诗集
北上,找寻那串带答答声的脚印。今我来思——
开口如开门,大雪了
漫天纷飞的正是她的名字。
马先生,纵使你不懂风情,也该赶快接住那颗
风雪多情的心,捧回你带壁炉的窗前
煨热,像用手心焐化一颗香芋

白露时,马夫人喜欢对着镜子,雕刻
白露一样晶莹的自己。而马先生会伸手
牵起梨涡酿酒的马夫人
去他辽远的歌声里放马牧羊。

————给"409蔡程昱" 王艺霏

鳗鱼颂

吞没你，享用你，融化你
当知道你的种族，终将因我的口腹之欲
领受灭顶之灾。吃你，便有了种
用胃偷情的快感。浓郁的月色匍匐于
海景自助上方，你和你的三文鱼妹妹横陈榻上
有了今晚，我们何必再追问
明早是否还会有太阳，蘸着腥甜酱料
淋漓地升起

东瀛是否也有这样一句俗语：美人在骨不在皮
可对你的爱，恰好生长在骨与皮之间
比色相更深沉，比风骨更淫逸。死亡芳香的考验
让你擘肌分理。划过身体的筷子是我的雕刻刀
我——没胡子的罗丹。而你是我的卡米拉
我用无厌的目光，带你脱离大理石的白浪
令你肉身初具，令你玉殒香消

从身材上看，你是比水蛇腰更本质的
水蛇本身。故而我推断，你是
尚未化身少女的晴雯；而我是新世纪的王夫人
母性全无，蛇蝎依旧

咀嚼你,就是在用无声的唇吻
为你口占一则,兔死狐欢的诔文

一口下去,舌头在瞬间变作花蕾,用电
这一生物圈官话,向我传递:
大概,只有冰河纪的光源氏,方曾寝过
温厚如你的锦缎。活着的时候,你不过是枯鱼之肆中
比又副册更又的尤物。带鱼比你水袖
鲳鱼比你凝脂,小丑鱼都比你更童话王国
所以:只有为我而死,才是你的超度

一想到吃你和痴迷你,都是在与自然为敌
我便觉得,自己登上了丰收的朝歌城
城下百兽率舞,城上秋风擂鼓
我举起餐桌上的刀剑,霸王别姬
美人,碟上那一搦酱油,就是你倾国的护城河
所有在胃里汹涌的血脉,都是朕昏聩的特洛伊
哦,我宝贝的东洋翻译,你可知何谓"秀色可餐"?
"美丽,可食用。"

地毯上的女房东

"许久没联系了,你……"
方格纸上踟蹰了一刻钟,终把那句"你好么?"
狠狠咽进肚里,像用胃捻灭一根烟
时近年关,自动贩卖机像一个
突然沉迷于减肥的妻子。搜刮许久
方从她的龋齿后,翻出一包枯涩的方便面
我用滚烫来把它宽衣解带:它能屈能伸
造型婉转,浸在水中,端的是一条好
小麦色水蛇腰。本以为,它们只能平息
单数的欲望,可并无狐妖出没的单身公寓
日渐杯弓蛇影,以致美人科妖娆属的玩意儿
个个开始复苏,寻找它们已是
半老徐娘的女主人:鬈曲的头发小憩在
我们曾拿体温一起熨皱的地毯上,思念
它的肉身——冬不拉一样的清脆
冬不拉一样的愁,冬不拉一样
好生养音乐的肥屁股。那两根羊肠线
翻滚得紧,如乱伦,如篡逆
如何分得出男女?你的丈夫行商东北
昼夜为斑秃的颅顶养殖黑亮的貂皮
我的女友求学帝京,却在豆汁焦圈的胡同里

结出了丁香一样的愁怨。竟从雨丝里
递给我一本油纸包好的诗集,让我
吟诵泰戈尔。冒烟的你和下雨的我,生下了一个
篝火般摇滚的私生子。每到深夜
就在我空旷的壁炉里噼啪着,提醒我这个
伏案写作的父亲,快拿墨汁冲泡啤酒
哄慰他断奶后的饥肠。

等待猫兔

——为 2020 年夏天的活着与梦想而作，或纪念青羊

"摸一凹——喵！"
闻声，兔子撇了撇它
尚未进化出自由声带的三瓣嘴，眯起
揣好胡萝卜手榴弹，趸摸先炸哪一窝不肖子孙的
深邃眼神，望去
"猫生实难，死如之何！"如羊的肥猫气到跳脚
肉蹄刨起硝烟似的猫砂，"就是为了逃避做人
我才贿赂阎罗，成功投胎做了摸一凹。可如今
这条小命，也已令我索然无味！"

"那你想当狗吗？"兔曰。
"呵。和你狼狈为奸还不够我闻狗色变吗？
我生命中最狗的兔系少女！"
"切——掉毛多见识短的孽畜。贫僧只是狗如泰迪
狗若金毛的滋味，你尝过吗？狗学八大菜系
你才夹了几筷，便自诩看腻汪间春色？"
猫言："我想做鱼。体验风干后
被我咀嚼的滋味。这样我就可以舔到
自己的舌头！""……变态。"
"我想做，天上会下雨的银渐层。它不用洗澡

却会洒水！无论实心虚胖，都有树懒级的
迟钝权。""……不就是想当猪吗？"

兔子掰过冰皮长耳，抬起
健硕的后腿，对着血管一猛蹬：
"人类若以给猫绝育的精神，吾日三省吾身
生态圈大同，指日可待！"
英短喵喵附和："宁给折耳猫近亲配种
也莫鼓励两脚兽生第一胎！说什么
剔净三千烦恼丝……"

"远不如斩断三寸躁动根，干脆利索。"兔子
磨牙霍霍，把两粒门牙方糖，磨出了
猛犸象的气势，"做一只海淀区的人类幼崽
是唯一可与做一头匈牙利鹅肝专用大肥鹅
媲美的寰球惨剧。""杀鹅取肝，育人留脑。"
而猫脸含笑，毫无悲悯。似在回味
鹅肝的鲜美，并由此推断，灵长类脑花的甘醇

天空开始掉毛。红绿蓝的眼睛都看得清
这是天下铲屎官，都想咬舌自尽的
猫毛大雪。也是不敬猫神的家族，被下蛊的
白茫茫大地真干净。白兔看着雪，想到："还有什么
比后继无崽更幸福的事呢？"猫只是看雪
没有回答。兔忽然觉得：

猫看兔时很远,猫看雪时很近

——给李舒扬

辑三 懒画皮

蝴蝶与吗啡

——读星芽诗集有感,并悼亡

姐姐,那天我也在燕园,夜色笼罩。①
酒足后,同刚保研了直博的土星兄
一起,在瓷白的虎牙上
谢本师。② 说着:愚蠢是一种不道德,愚蠢得
都不抑扬顿挫是一种
更雪上加霜的不道德。海蜇皮般
爽口的恨,最后清空于一句
"如果不能把论文写成诗,就去吞吗啡自杀。"
我们知道,这是我们爱的本雅明
倒下的方式。他像一只蝴蝶,阖成了
书脊样的比利牛斯山,把烈烈的西班牙语
挡在阳坡,化成一阵绵绵的法雨
润湿多伞的巴黎。他很可爱,他
是个蝴蝶般的男人,总在把蝴蝶
翻译成蝴蝶。姐姐,我猜
你一定也喜欢他。没人能不喜欢他。

---

① 首句化用海子《日记》。
② 周作人谢本师于章太炎:"先生老矣,来日无多,愿善自爱惜令名。"

春天了,我因你突然想起去翻翻
秋天的日记。会不会?你泼墨的兔子
曾经蹭脏过我晃荡的裤脚,像一剪子风
给人修边幅。你死后,我看着你的相片
发誓必然在不同的脸上见过
你的天真、你的乖。也许那其实
就是你,但一定不是你
身上的猎豹。那些大风卷水、虎啸猿啼
白沙如雪的夜晚,我也没见过
如果你也认识我,或许会把它们切成琥珀
送给我?我要绿色的,我要在胸口挂一颗
能随时剑拔出鞘的春色

昨天的世界好像在乱。但关于地图的事
再重大,是不是也重不过
一座地图上无名的山。瞳仁乌黑的镜头平静地
看着平静的欧罗巴。它看不见他,正如我
看不见你。于是只能平静地醒着,然后
咳着清晨,去喝粥。松林的红豆粥①
熬得要立春了。五年了,它依然只要一块钱
就好像五千年了,它还是在汉语的胃里
春来发几枝。如果你来了,我会把饭卡给你
也许我会收获一首关于粮食的诗

---

① 松林:北大松林食堂。

跟你学会黑米和紫米的区别

里尔克说，我们该问问自己：如果写不出来
是否必须因此而死去①——他怎么能
这么做作？而我，又怎么能做作得
十年前就不问自答？现在想想，我都舍不得饿
哪能舍得了死。老里还是
吃得太饱了。我看到，你跟兔子一起煮墨喝
想到若有一天真不会写了，我依然会大口地
喝牛奶补钙，吃猪肝补血，拿失明的舌头
舔遍这丰美的世界。幸福地苟活
把骨头养得坚硬繁茂，咔咔响
一千年后盗墓贼看了，也要感叹
真是一具好象形的尸骸

2022.2.25
于北京大学

后记：星芽许多作品落款有"于北京大学"，应为她在北大旁听时所作。有《辩异》一诗后附"2017.10.14于北京大学"，心有所感，翻出当时日记，思绪沉沉，故有此诗。

---

① 语出里尔克《给青年诗人的十封信》。

泸州熊

泸州熊,泸州熊。
吟诵起这句的时候,我感觉仿佛有一个
我们的师兄窝在舌根后,轻轻回声:
"亚洲铜,亚洲铜。"毛茸茸的一东二冬
像两只熊,隔空跨坐于闪电般的肋骨
击着铿锵厚实的熊掌
嘭嘭嘭

他圆滚滚得如一瓶适合下酒德国肘子的
教士啤酒。当他抱着酒瓶倒在
蓬松的地毯上时,我想到一只西伯利亚棕熊
靠着雪淋淋的冷杉,捧读流涎的蜂蜜罐
他瘦纤纤得像一个指鹿为兔的童话
在月光单薄的泸州街道,他带着酒气的眼神
单纯地望过来——父辈的白水银里养着两丸
孩子气的黑水银。那一刻,我知道
女娲在造他时,一定从吴刚手里偷来了
两颗最水灵的桂圆儿。顺便跟她的希腊闺蜜

黛馥妮要了几捆月桂①，编织他
玲珑清香的肺腑

他婆娑的筋骨双螺旋自亚热带
故而生在北方，并不会使他衰老
南腔在他身上小声混血着北调。你闻
他跟桃花歃血为盟的杯底是甜甜的醪糟
混着贵重的酱香。矛盾吗？他有刻薄的听力
和柔顺的耳朵，轻佻的抱负与厚重的怀抱
犯困时，他会松垮垮地熊抱住
历史的水桶腰，用一身毛茸茸的聪明
招引最幽深的蜂与蝶

泸州熊的掌心里有淬了蜜的刀锋，遇到
以其昏昏的山洞，就一掌劈开，让它淌出黎明般
流心且爆浆的使人昭昭
他没有食肉目的高傲，而是耐心地教北极兔如何
从催眠的雪地中不断醒来；并指导白猫下水
捕捉冰河里字句肥美的鱼。告诉我们
哪些比喻捞上来，生吃就够入口即化
我们常在午后，在令维米尔落泪的自然光里
共享大盘的新诗刺身。呃摸怎样在一行咸甜的抒情下

---

① "黛馥妮"即月桂女神 Daphne，此译法乃仿卞之琳将 Narcissus 译作"纳蕤思"。

用大米留白,拿脆生的海草扎紧远取譬取来的
远洋野味

泸州熊有着让《山海经》都感到困惑的天性
他和酒壶里的气泡一样群居,却又是
酒窖般寂静的独居生物。空空,空空
他的身体敲起来有好听的回声,像是
一座山的谦虚。他占山,但不为王
他更爱每晚用罗马灭亡星
为他点燃黄果树的月亮

2022.1.8

叼扇子的人

他叼着扇子行走,口中是
折叠的风,天空是无边的闹市
绳索如一条蛇,射向远方的王宫
而不是一条龙。他只有在空中
摇摇欲坠时才会感觉自己
像个贵族。如履薄冰……他知道
最尊贵的人都如履薄冰。王笑了
这冰就会化成水,水会淹没他
像笑一样淹没他

叼住扇子的那一刻,他感到是宠爱
锁住了他的嘴。迟早也会,或者已然
锁住他的喉咙、锁住他
没有鞋穿的脚。把沙哑的抒情
堵回身体里,做成一颗沙哑的心脏
再把木质的肺,开屏成
金碧辉煌的孔雀
迷失在丛林里,我是面只有
半圆的靶子,我的白
是中箭受伤的白兔的
白。扇子是我的道具,是我

只有半双,就能平衡于秋风的翅膀

我用耳鼻喉每一种感官
叼着扇子,用他失明了
我还明亮,并且明媚着的眼睛
叼着扇子。回眸时,就释放出
两扇白色的蝴蝶。腰倒下,成一座
卧波的桥。我是哀怨的、谦逊的
是逶佞的粉红与孤标傲世的蓝
扇子展开,是我
在圆形着出鞘,然后去勾引
锐利的蜂与蝶。自由的是音乐
不自由的是舞蹈身上的
那个我。舞台是唯一的绳索。绳索
绳索是唯一的道路

——赠魏仲洲

摇粒绒哀怨的舞蹈

你的故乡和我的故乡
都三面环海
丹麦的女儿耗干了它太多的痴情
于是海再也养不出一条,从一而终的美人鱼
海洋生物的骨灰落叶归根
浮白的泡沫积在海上,为熄灭的啤酒
下了一场,好生窈窕的雪

飞燕合德,祸国的腰肢大多产自中原
可你读过伊甸的童话,知道它更可能是:搁浅的尾巴
无骨的刀刃,碎开岩石的风把鲛人抟进手掌
揉成残疾却温润的珍珠手帕

舞姬的前身是一条未被劈开的孔雀尾
故而生命中的很多东西,本就不该成双——耳洞、身影
迈向你的舞鞋,怀璧其罪的指控
甚至孤独的岁月里都不该有双数的年龄
她适合十九,十七,或十三岁
适合娇嫩而孤僻的质数,除了道生一就是自己

流风回雪。舒窈纠兮的风从很多本文学史中缠绵而过

露出我——史上最好色的曹子建

爱诗人又爱女人

爱她白猫与白云兼顾的狡媚

爱她偏心兔子与摇粒绒的男人

爱她为女人折过的花,和她既可承欢又能受难的

婉转的脊梁

秦淮河上的蜜袋鼯

君在秦淮南,我在秦淮北。
今朝折叠秦淮景,通用的社交礼仪是
见面握嘴。飞起!作迎风的馄饨皮
抱住!像淀粉对肉馅儿一样不撒手

天亮后蜜袋鼯开始
洗毛晾皮,晨光打在
端庄有男德的衣架上,叮咚
如一片江南编钟。他泡茶,茶叶翘起

绿色的兰花指,浑然不顾和它共浴的
是茉莉。他洗脸,挤蜂蜜,蘸牛奶
拍匀猫爪收集的露珠,再用蝴蝶衔来的
火山灰护肤。从一宿未眠的

滚筒洗衣机里,拎出锦毛鼠的战袍
挂成旗。我们啜,我们嚼,我们
又捏又掐,动作纤巧若当年
流亡中的李香君,被迫学着

擀面皮。晚上,他钻出硬挺的少帅壳

换上柔滑的毛皮翼,用树根小音箱
放《让她降落》:如果你能让他降落
被窝如自由无尽头。他在蓬松的

自由里翻滚着,把桨声灯影都揣进
自己的口袋,慢慢消化,碾成
五颜六色的梦。下次滑翔时,就可以像
凤凰一样,横空掠过

——赠廖泳康

上海丽人

不止一次,我想她是个水蛇腰的军阀
或者是,防空洞里的
奉系姨太太,指挥着绣榻上
那只雪里拖枪的猫
击落飞蝇侦察机

她从东北来,喉咙里带着烈酒香
几条黄鳝入腹,嗖嗖地
游过52度的苏州河
她在西风东渐的窗前,撑着陡峭的受力点
抽烟,雪比烟灰烫手,把她的清辉玉臂寒
直接烫成了吴钩霜雪明

她在词语里出征,踩着妆台登基
再把下马后的腿
像一株桃花一样
斜在镜中

——赠陈陈相因

夏至女孩

她的胎像卧成一条阴阳鱼。出生前
就算好了用一生
来找另一半的双子座
脐带内壁展成镜子,照出夏至女孩一脸黑夜
由虹膜来泄密的双重人格,是从左眼
溜到右眼的过渡色
一只色如鸥鹭,一只状如鱼虾

她是巨蟹座的姐姐
弟弟踩着如履猫砂的猫步
在腥咸的白沙上横行
霸道,当一坨壳上生青苔的路障
一对猫耳钳动起来,便将梅溪湖
舞成咸水湖,咸到足以更名纳木海

她是金牛座的情人
比女儿更年轻,比家谱更庶出
比汉语更野生。错别字像挑染的蓝色杂毛
碍眼在可绕食指25圈的黑长直里
比昼长夜短更胎记的是
打碎你也打碎我。你中有我的图腾是

一把牛角梳

夏至女孩出生的时候
初升的烤鸡心刚挂上,远方缅邈的青椒串
十小时后,落山的五芳斋咸蛋黄又掉进了
夜宵摊的啤酒杯
水星的手正叉在北半球腰上
一使劲,她反手摸肚脐便再没输过
某只吃素的英短银渐层

藏獒球星

一个漂亮的男人,浑身上下都是星球。
比如,你背肌上的汗,像一颗颗力竭的流星
喘息在群山起伏的宇宙间。与此同时
塑料的月亮在你手中,旋转出
脉冲星和小行星的自转速度
七局四胜后的结果。睡不醒的桃花眼
在密如球路的艳遇里打哈欠——
醒醒!醒醒!你的命运开始了!
只有场外蹲守的黑矮星,能摇醒这一双
吐泡泡的星星

在平滑且有弹性的盛世,你一拍拍地拍出
《乱世巨星》的节拍。也许你从青春期便开始修炼
夺天换日的技巧。正手是红日
反手是黑夜。右手是将军的花名,没有它
拧不开的城池。也许我要在一颗自转速度
快过响指的星球上练习颠勺,才能掌握你
一半的快。管他何德何能,你就是
所有响亮的星球都要绕着公转的
轴心时代。盛世球星,反手就是一个
倒行逆施的宇宙。把宇宙速度削进分母

像封零一样,无限归零

你是寄居于秒钟的造物主。创造移动
创造窒息,创造下弦的陨石与上弦的刀光
或许你该在某个鬼夜哭的时刻叩开仓颉的门
拆字算命,就会知道:
乓字和乒字,生来就是受伤的战士
倚着自己镜像的手足,站在孤绝的语言里
支柱为更宽阔的
彼与此。比所向披靡
更美的时候,你不是一个有腰伤的球星
你是一颗刚刚把天王星的行星环
系在自己腰上的
年轻的星球

台北客

1

十七岁的外祖母指着冰箱上的台北101,向我
托孤童年——不沾地的绣房里,窗口垂下两只
晃晃的小脚丫。金手钏,蓝眼睛,玉色的月牙与玫瑰
榴弹炮溜进她多云的梦里,遛成一道榴花红的流星

尚未发育的1945,塞不满一袭
民国纪年的旗袍。或许,"漏斗型身材"天生适合流逝
十月的倒计时。而她是嫡出的北方,是被庶孽遗弃的河
没有人还记得,她在历史的后花园里荡过秋千

在我们共同的语言里,"南方"是个在心口窝藏
脐带血的处子。更何况,她一生未踏足的亚热带
末代的季风,只够吹走她多情的父亲。
岛屿的小叶榕枝繁叶茂,最宜妾室开枝散叶

台北?台湾。绮靡的灯火被外婆松动的牙齿
咀嚼成风烛残年。棠棣编就的竹书里,未穿过水晶鞋
的脚踵要外旋几次,才能外遇。在小腹中接力的

母系血缘？而我，无法安心做一尊年过七旬的外孙

2

秋天的燕燕于飞，转世为
春夜十点半的钟声。料峭街灯把香槟味的闪电
导入新世纪留声机靡靡的骨骼。属鸟的国语天后
啄开玉兰的瓣膜，露出灯盏形的怦然心动

八月的暴君，万物一衣带水
奶茶色的泥泞瓢泼过膝，暗示我：是时候割袍断义
而落雨的天空，松萝垂到肩头
我用初夜的月亮和你歃血为盟

北纬24度睡着太多诱惑，太多《诗》外的芳草萋萋
可宋小姐窈软的腰肢，必不会成长为
风吹日晒的行道树。十五岁最大的失策：情爱是一套政治
而我还远未学会，同鸠鹊弈棋的法门

祖母说：纵是她一甲子前孤筏重洋的父亲
也没掌握，脚踏三只船的秘籍
被辜负的人，报复性辜负春花秋月
残害皮肤上的每一个，从三月就开始湿漉漉的夏天

3

也包括,你接过的第一株小雏菊上,细碎成朵的
三星在天的盛夏。街机的一个失误,将红豆
与水晶球一箭双雕。枕着床脚入眠的女孩
身体画成一个问号——人不何如枉少年?

三足鼎立的太阳烤亮南海上的扶桑
三进二的角逐不分胜负,只有哀怨雨露均沾
参商与更漏转动三缺一的夜色
三个人把两支桐花冰吻得落英缤纷

我爱的人骈俪四六,爱我的人四舍五入
正如祖徽的花环上,首字母的骨屑,萦绕成
满天星的祭文。痴情的过客行色匆匆,引得
娇憨的石碑自动去寻,扫墓者余香尚存的掌心

岛链的吊坠上,海神的传说让信天翁误解为童话:
若持刀的巫婆,肯归还小人鱼
十六岁的嗓音。我会趁势夺下诛心的话筒
开宗明义:"对方辩友,你爱我吗?"

4

然后,曾祖父逝去的竹马声,嗒嗒地跳进
风烟的北平。当逝去变成拾取,它就是皇城外
浅浅的篝火堆。灰烬与袅袅,分手成比干柴烈火
更幽微的你中有我——他穿五四装的恋人

也曾在中轴线上,从深夜走到黎明吗?
从黑夜走到白天,从南方走回北方
我们游过的三潭印月,剪掉了两座影子
就成了日月潭。但照见的依旧是

另一种形式的我们。幸而桥下,并无半世前的
惊鸿照影。我以为,总有上苍法外开恩
可无骨的闽南语笑道:高山茶是杯
沉淀的美学,未被命运

踩躏过的人,一代代被奶盖
虚幻的甜头,诱入丛生的黑夜
纵是如此,年轻的人也要在临终前,用一盏茶的时间
留下遗言:我要春宵苦短,我要万丈深渊

5

正如我在许多有酒无风的时辰,对你口无遮拦的:
"此生最大的遗憾,就是我只能为文学
牺牲一次。"夜色丰沛,足够我的信口开河
同银河一起开闸,冲断春天对左耳的曲水流觞

冲毁衣冠冢的灞陵。老眼昏花,她举着无字的家谱
让我确认,一个又一个"他":他是风流的行草
他是锥心的魏碑;他是永恒的颜楷,他是失传的籀文
他是我们擎着肋骨,寻找的故乡、春衫与心跳

她讲她九十岁的父亲:拄着死神骨瘦如柴的肩,
用近代史课本,按图求索十九岁的初恋
我说:"姥姥你听:在我们的语言里,金门和玉门
是不是像开辟鸿蒙一样般配?"

就像我从未见过的:烛火的双蕊,并蒂的芙蓉
好像涛声四起,生来就要对春风不度
"姥姥你看,台北的白家公子,也写过一篇《思旧赋》……"
而她摇了摇耳背多年的头:"这《思旧赋》里没有吹笛声。"

泸州小野猫

第一次,你灵巧地从
比我更低的空气中溜过
我突然想捉住你问问:这里的氧气
是不是比我能闻到的
更甜?再次见到你时,我感到
灵巧这个词在你面前都
笨蹄笨爪——它该长出驱蚊扑蝶的尾巴
有着喵喵叫的读音,再盖上一个
尖耳朵、蘑菇头的笔帽

当阳光慷慨如自助餐时,你端着瓷盘
从我身旁曳过。上面是:
酸辣猫薄荷、泡椒生骨肉和
不限量的麻婆猫条。你说你怕生,只在
熟人面前,露出嗤嗤的白肚皮。更多时候
你喜欢在人群里蜷着
或者在诗歌里"绻"着,舔舐一个个
柔软的绞丝旁

一直没告诉你:我酷爱甜食。那些
软糯的茉香的 Q 弹的

美,常年在我齿牙间
奔袭如山东快板。所以,我垂涎你的笔名
觉得它该如两颗薏仁,缓慢磨蹭
四月的暖。我把它拈进胃里,让记忆的耳垂
同它清香的鬓角厮磨

女娲抟土造人,再抟酒糟
造小野猫。你的才华是比馥郁
更简笔的酒香,引得缪斯都放下梳子
蹲地来挠你刚摘下
伊丽莎白圈的下巴。你满意地打了个滚
从她转向我。而我则会心地掏出诗歌——你
最包浆的逗猫棒。

——赠闲芒

女嵇康

我是女嵇康养大的。
没错,她和熊猫一样有竹林风度。
竹林的真主子,从不在这
跟走 T 台似的摆 pose——弹琴啦
吟诗啦,打铁啦,跟天道人伦为敌啦
真嵇康,要松松软软的
吃喝玩乐的,不学无术的,可以用腰
但更能用神态、用气质
用这一生的事业,躺。她听我叭叭解释着
"林下风气"①,露出满面慈爱的鄙夷
如理科看文科,如百万年前
姓熊名猫的老祖宗
看人。

她让我想到,或许嵇康生在当代
也会去做个教授——用养猪和养狼的方法
养孩子。最好的哲学是营养学,最好的
美学是"我闺女最美"学。她是地主和

---

① 《世说新语·贤媛第十九》:"王夫人神情散朗,故有林下风气。顾家妇清心玉映,自是闺房之秀。"

反动派的孩子,在被解放多年的租界里
包糖纸,挑山楂核,扯地瓜蔓
剪线头赚零花钱。必要时也打架斗殴或是
为打架叫好。童年最大的梦想是
做糖果店售货员——像住在宇宙里的人
想卖星星。夏天时,星星会
融化成粉色的黑洞,舔一口
甜甜的。

我因她而成为一头
好吃懒做的狼。或许,或许还是
聪明伶俐的猪。我从她身上继承的遗憾只有
一头过膝的长发。每晚洗后都要
用明明如月和满街的惊叹声
晾干。她早起了十年梳理我这一头
茜茜公主般的遗憾,把她30年前
对喜儿和邻居表妹的羡慕编成
更黑更长的辫子。很多年来,我头上
不是瀑布,我头上一个皇位

她给我精雕细琢的胃,爱是永攀高峰的
恩格尔系数。她给我
野草丛生的脑,活成一支双人游击队
拖着箱子,趁夜潜回教室搬空家当
——你们艰苦奋斗吧!你们

早出晚归吧，老娘
只想睡觉，像一个
真正的老娘一样睡觉。睡到你们不得不在
女嵇康的要求下，把我挪到
临窗的犄角旮旯——睡觉
走神，然后神女入梦

天鹅王子

他太甜的酒窝里蓄着从冬天
舶来的雪,像两枚从十二月
摘下的梨。恒温成手相的港湾
比会起风的臂弯,更配不上他的飞渡
用一个自刎的姿势,他梳舔着皮肤上的
月色朦胧。初夜
是撕掉的一纸扉页
而他是柴可夫斯基写漏的一首诗

要参透多少公主,才会拥抱一个
属相为王子的爱人?我用身上最柔软的藤杖
一次次击落,你体内比夏天更多汁的山草莓
——最肌肤的君权神授。唯一不敢向你传授的
是我用嘴唇体验过的死亡,比心脏还多
以至夜复一夜的吻痕,顺着你耿介的脊梁
血流漂杵。让你的脚踝比双眼
更适合杜鹃啼哭

你令托斯卡纳惭愧。惭愧于
不曾目睹,你这趟延宕千年的文艺复兴
叫你 chéri,或殿下,那舔在我舌尖的冰激凌

就会融化成晨光清澈的蛋彩画
枕上水草丰郁,枪声星陨如雨。两种天堂
哪一个,更适合你张开多云转雨的翅膀?
昏聩如我,只配做亡国之帅——爱恋于用抚摸
学习本应以铁蹄掌握的地理:江山
就起伏在你颈项以降最优美的流线里
那儿比高音谱号更缠绵悱恻。像缩起的花朵
聚敛成一个春天

来生,想和你在
漂满浮冰的湖面相见。以换气为频率
为你沉沦,并以流淌
取代从来就不属于我的葬身之地

——给张瀚予

怪力乱神

瘦。他瘦得有种中唐时，狸猫拒绝
加入十二生肖的桀骜。于是窃笑着
抓乱星历表，留下一地怪力乱神
供他后世的瘦师父解读。

瘦师父，瘦得
春寒料峭开始拔剑，瘦得春风骀荡
开始束腰，在病小姐的闺门前
把住阑干，吸气——呼气——
吸气——呼气——
……还是没他瘦，于是春风气得准备
摘两根刚长出桃花的肋骨

他那样瘦，瘦得让时间的近视眼
无法分辨，于是轻松地就从唐朝
滑到了明朝。他的同伙都想成为书
只有他，轻松地就瘦成了
书里的分页符。透过肥虫
蛀出的洞，他张望着外头：有字饮酒
有字放逐，有字登楼。
他每一个都认得，但只和里面最硬的

做朋友。

更瘦的梁朝伟
不演戏,他把戏装满一车车,从大脑
运到心脏,从永恒运到永恒
——学富五车的大迁徙
车站般胖墩的施耐庵
下站了,还拖着他那零食小推车般
满腹鬼点子的吴承恩。在他的
瘦心腹里,一屁股坐下。听他讲
并争相成为
那香辣多汁的怪力乱神。

——赠李鹏飞老师

辑四 一篚风

嗅觉动物

深夜,她睡下了
他睡下了,他们纷纷睡去
的时候,它耸动着灵敏的语言中枢
开始在空气中
狩猎。移动的步伐仿佛
脚上有鳃。不一会儿
它就烧化了昨天的水果糖,烧化了
去年的金戒指

那辛香的植物们
袭击我,如一场由
老去的美人们列阵的战争。
我捧着渐烫的烛台,香把我引向
神圣的卧室、博爱的厨房
风雨如晦的盥洗室。"诗人是酒神的
神圣祭祀,在神圣的黑夜里走遍大地。"①
那衰老的、和童年一起衰老的浪漫主义
突然闪回,像地毯上冒出的绊马索
我知道,香让我跪下,于是

---

① 语出荷尔德林《面包与美酒》。

我跪下,拾捡地上精致的碎瓷片
尽力启蒙心里的白

今夜香在死。我知道香在死,并死得
义无反顾。当我愿意打开
和它同样明亮的听力时,我听见
它委屈的声音像,最小的火
吐水泡。也许吧,香是一朵
在时间里变矮的金鱼

香把空气烧透了,香把
安静烧透了。时间熟了,时间
用鼻子告诉我。入睡后,它仍在用
渐渐冷却的鼻子亲吻我
像小兔子在对小松鼠说
一种听不懂的"我爱你"

那夜,苏堤吻过塞纳河

也许我可以闲逛着接近你。像一无所知的
气温,闲逛进一个三月
耳朵,带着它清净的
清净而空空的甬道,闲逛进
一个戏台——法兰西,我的法兰西
在台上,张开双臂。像张开塞纳河的
上游和下游
小天使,应声落下。在你身上
找教堂

我的法兰西,用声带共振夜。
低音是沉默的巴士底,高音是
辉煌的断头台——sing for me！sing for
你数不胜数的情人。有那么一刻我感到
建苏堤的是苏小小。如果她是真的
如果她真的风为裳,松如盖,那她一定
也会用树荫,用风,从更冷的地方
追过来。追随最小单位艳遇、一夜情的
公约数。在这里,苏堤
静止,等候最公共的一双嘴唇
法兰西

他在巴黎，为我订酒吧
气泡浮上杯口，如换气的金鱼
我捏着酒杯的腰，扭
它先成为液体的爵士乐。我们
像夜色融入夜色，走
只几步，就从11世纪走到了
19世纪。走几步，就路过了
路易、洛朗、雨果……小小的单词
最大的公墓。路易里，死了农民、国王
你的儿子。

我们走到了歌剧院，走进了
歌剧一样不眠的人群
这风里有颤抖的小舌音，且不只是因为
你呼吸。这小舌音仿佛一座
圣母像站着，圣洁、静穆但却
总有一颗钻石在额前
抖。夜来了，夜不会走
你亲我一下，我亲你一下
左脸对右脸说
"Bonsoir."

季夏即事

比汽水喧嚣的蝉声浇满绿渐层的树冠
向着大地瘦削如小腹的平底锅,翻滚出一页页
清透的糖。到了季夏,滔滔的都变成了深深
譬如我身上比八月日影
更短的水手裙,涂满与光合作用
偷情的罪证。它的肤色泄露了一个
小声嘀咕的秘密:我在裙底
偷偷藏了,最后一只色而不淫的夏天

不合时宜地穿过一群,随音乐
舞动的老太太。碧蓝如海水的空气里
她们像章法桀骜的
章鱼和梭子蟹。松垮成一座
漏雨的图书馆

不爱的事物都有点像黄昏。秋天、衰老
恨不得和扁桃体舌吻的
流心月饼。白昼一天天剪短
自己婆娑的长发,让这个名字
踩着分针与秒针助跑,跳成我身上
一摊摊不均的麦芽糖。悄悄地

我腿细成一双春天就落叶的树，惭愧地踏过
脚下茂密的时间

岁月啊，一只伶俐的山贼
夹着成捆的画像，在满山罪证中流窜
潜逃进飞鸟消逝如
休止符的远山。山这边，我对
童年夏天的记忆，远远清晰过
对童年夏天里的人

北京剧院之夜

夜色在男旦的呼吸中,喘出一层层
经折装的肋骨。比钢筋
更适合捅穿肺的建筑,让人生
长出阵阵新鲜的绞丝旁。我穿过七点钟
穿过满街通电的紫藤花。或许我会把自己
走成一杯酒,一杯由灯光
和月光兑成的鸡尾酒
在 High C 的度数里,搅拌沉睡的冰块四重奏

产房里点着枝形吊灯。降生的命运
就要被脐带勒死。黄昏像一摊
血在渐渐干涸的胎盘,却
顺滑依旧。顺滑得像养子
爬上母亲的床,顺滑得
像偷渡——我偷渡了一双眼睛
胃偷渡了一杯风雨烧仙草

两小时,足够音乐的瓜子皮
在我体内长成一棵新的故事树
气温带着体温一起枯萎,我急需你
早已粉碎成沙砾的爱,为我过于光滑的身体

炭中送雪。我在新的黑夜里疾走
揣着两张偷情归来的视网膜
皑皑秋声再次覆盖了我

亚热带生活

如果世上真有亚热带,那一定也会有一种
亚爱情,来让每一种气息成双。同样的
也会有亚春天,来命名五月无名分的夏意
年过二十,我浑身上下都是北方。
只有北方。比如辽阔的肺,高的骨头和瘦的心
所以我很需要一段亚热带
来开启我的亚人生:凌晨三点,睡醒
吃晚饭。夜市依然如火是人世的第一重温暖
要顶着湿漉漉的头发去烧烤摊,招惹
油烟护发素。再把牛羊和海洋生物一起
放牧到床上。摸到头发一半温热
一半沁凉,发际线是一条朦胧的
本初子午线。
床下,徐娘半老的荔枝正在抽泣
零落成泥碾作酱的苦命果,不得不
下嫁香精。想起一生有过的
最小单位同居,是他每天清晨
从窗外温暖的晾衣竿上,摘下几件女式内衣
淡漠而优雅,熟悉得
像果农从夏天的果园里
摘下今天的水蜜桃

怀抱着刚拆开的书，觅不精神的食粮
朱朱、洛尔迦、特朗斯特罗姆……
在烟雾甜美的锅前翻到杂志里
朋友的诗，文词如锅盖下的水珠
甜得结构缜密。想起他倚着床，问：
"改天请你吃椰子鸡好么？"姿态
柔软似鸟，皮肤像水淋淋的
椰子肉。声音飘渺如一缕烟
在亚热带的生活好像总是
关于吃的：血红的肉在水里烫出灰色
精致的粤菜，杯子向碟子彩云追月
她搭建的时空冷而甜，切角蛋糕孤零零地
在瓷器里发愣，藏不住青提或芋泥的秘密
可我吃东西只用过胃，从未用过嘴唇
很久之后我才发现，寂寞多么接近于贞洁
而我出轨了，出轨向了更炽热的纬度

桃花校园

在春天死比在冬天死
更深。世界多厚
有风,有香,甚至还有三月的雪
像冬天走之前决意抖干净自己的口袋
我的校园是一座
最偏远的御花园。尽管桃花娇嫩得只适合
还认不出父皇的小公主。她牙牙地
对这个世界指指点点,给蓝天
戳出了好多粉嘟嘟的手指印

但这些,都是过去的事了。
校园啊,今天我看到桃花使我想起了你。
每当桃花盛开的时候我多想
舔一舔这个世界——用肺舔
用装有声带和脊梁的脖子舔

我想把所有老去的、死去的
他、它和她都扫起来,重新
出生成一个你。我想
用桃花堆一座雪人,像一个
坐在窗前的佛。冬天

走得再远,都得回来
跪下。背后,神圣的玻璃
接受着影子的朝拜

桃花啊,今天我看到桃花使我想起了你。
想起你宽阔地站在春风里
像山,像水,像夜航的船
你从不流逝,是流逝
在一年四次地装扮你。于是,在一个
不叫春天的时刻——今夜
我想起你使我看到了桃花。

返校日

春风是往上吹的。从嘴角
吹到眼角,只荡了一个笑声的秋千
细嫩如胎儿的空气
终于长出了体温。山桃花是
从无到有的,还是
一种前世名叫雪的冬虫夏草?
花骨朵跟孤独一样
咕嘟着长了出来,像干枯的腿骨
重新长出了造血干细胞。春风啊

你为何唤醒我?他想起这庸俗
又高雅的咏叹调,再过几周
柳树上会挂起新鲜的高音谱号
打着嫩绿的弯儿。春天的有熊氏教授
又年轻了,冬眠带走了他的
眼袋和胡茬,吹弹可破的气质
把阳光拌入鸡蛋清

三月的校园像一本打开的书
呼吸的字,晒太阳的纸
在一种光落山后,玉兰会成为一朵朵
夜色中射击的月亮

残雪日访潭柘寺

山行。雪光堆出一座山
我仰头,数着晴天下的白
苍山里的白,比枯草间的白更多
它们寒冷,冷得宁静
我感到这寂静伏成了一位
半睡半醒的佛陀,淡淡的袈裟上补丁着
素素的雪,枕着瘦小的北京城

山行,我沿着佛微抬的手臂走进
他的掌心里。没有花,这坦荡的冬天拈不住
一朵花,因此微笑也
不需要理由。他掌心合十成一座
对称的寺庙,时空在里面穿梭,透着
要把尘世的尘
掀净的风。这世界寒冷成了
一种固态,它静默着,像在等我放飞一缕烟
来温暖一朵云。

我闲逛在朱砂、香灰和曹衣出水的气温里
穿过明亮的尘埃,以及尘埃
想带走一些相由心生的唇语和

须臾的绿。明艳肃穆的绿松石在手中
一瞬一瞬地念着。第二十八颗，我摸到了一块
黄黄的蜜蜡。突然想起
十八岁的那个秋天，第一次进入花园
世界和它一样，通透、甜蜜
通透的楼，通透的水，通透的春天
在第八十二颗里我感受到一种
平静的轮回。风烟平静，宿业平静
……佛祖，我还会回来吗？

很多年后，我回想起那天
佛殿后的日光，忽然想问他一句：佛啊
你何以如此爱我？何以如此爱我们？
一个弃离尘世的王子，何以如此慷慨地
答允我们沉湎于尘世的希望

北方白鹿洞

把"你",称为"您",我为相遇托上一叶莲舟
渡过山川,人称比人更像我们白纸黑字里
简笔的影。那些师道尊严上岸了,"您"成为
脱下舟楫与芒鞋的
年轻的你。踏过固执的水草
回到唐诗里的故乡

盛放知识的地方早已是个谎言:
黑板是绿色的,恰如月白色
其实是淡蓝。这座校园与近代史
连着颈动脉。他站在胡适之的鞋印上
擦掉黄侃的粉笔灰。那些呐喊的印刷体
渐渐消音,显影出:高山仰止的谬种
令人泪下的妖孽。我在弱冠之年突然为他们
感到心疼。粉笔的诗句从黑板上
一行行流下,像被磨平的神像
流下的石膏泪

如果把未名湖滴到一卷生宣上,它
会洇成一座洞庭吗?最美的名字
就是和无名一样美。在飞雪的红楼里

我是穿裙子的焦大
一样的败类。八字近海
命中带浪,需要把命里的巫山挪走
换成一座庐山,镇纸时间

不知不觉中,已有
一座北方的白鹿洞,被气泡搭建在酒杯里
被有声的辞赋,悬挂在
燕子歇脚的房梁间
课堂上又荡出了啁哳的江淮官话
漫向白露后的窗子
如洞庭湖带雾的橹声

——赠柳春蕊老师

清晨,客厅变得很嫩

清晨,客厅变得很嫩。
刚长出乳牙的阳光开始钝钝地咬我。或者舔
我被黑夜打出的伤口。对,
黑夜又把我打了一顿。因为我
不听话,又从光明的看守所里
越狱,去冷板凳上静坐六小时
逼灵感现身。早起的鸟狱卒
拿钥匙拧开地平线:
"走,滚去睡觉!"

嘤……我的骨头发出一声哼叫
闷闷不乐得都懒得伸懒腰
它需要马上泡进蚕丝被的泡泡浴里
并薄薄地打一层
脂肪的沐浴露。累
是一种毒,呼吸可解。只要有那么八小时
只在呼吸。只有鼻子还活着,呼吸安详到
像去世,怪兽都能从我梦里爬出
扒着床头,张嘴行刺我。

趁我睡着了,那些被我关了一夜

颅骨禁闭的本雅暗、白格尔、秋妮娅和
维特茎斯坦……纷纷爬出我
脑路的深坑，坐在我脑门上
交头接耳。"喏，又是一个绝望而
拖延的小文盲。""嘻！死了几百年
我早习惯了被人拖进脑壳小黑屋里
耍流氓。被上下其手、摩挲掠夺……
你还是死得太短喽！""就是就是！"
"她能先别醒吗？我看她剩桌上的
温泉蛋鸡肉饭不错，快快快，下去
吃两口！""可是兄弟……我们
都不会用筷子啊！""筷子？上手啊！"
"就是就是！"

客厅渐渐熟了，落日像一颗
温泉蛋被戳破在西山上。那些被我用呼吸
释放出来的小人儿，正开展新的密谋
比如，把我的两条腿像筷子一样运走
去捅月亮的屁股。

春天,营地里出走了小白兔……

晨光破壳的时候,我把四月摆进梦里
摆成一张森林里的木桌
同学们像围炉的小茶壶,沿着年轮
坐成一个超大的甜甜圈。你是最高脚的那一只
你像一只语言的更漏,在我的头顶俯下身
树说:婆婆娑娑
你说:沙沙,沙沙……
于是我笔尖啄纸的沙沙声里,走出了一只
没有影子的小白兔。纯粹是因为太过雪白
让树阴都拿它无可奈何——就像你什么时候见过
雪,拖着一团影子状的兔尾巴?

小白兔牵着一只睡不醒的小棕熊
它们分别从帐篷和烧烤摊走出,向着我在睡眠里
睁得大大的眼睛走来
走一步,它们的身上长出了一层青草
被嫩绿遮掩的兔耳朵,支棱成幼稚园里
最高挑跋扈的小蘑菇
再走一步,它们身上长出了一些雨
熊耳朵捂成两把绵绵的小雨伞
对着雨声淅沥,说"不听不听"

每多走一步,它们身上就多生出一些
会被很多扰扰的蝶恋花
误认为是春天的东西
它们手拉着手
每一步都在生长,每一步都在脱落
可惜,我在你梦中的时候
你并不知道,掉落是不是一场爱离别
——当阳光离开雪糕的时候,雪糕都哭了
更何况,我是你身上飘落的叶子

于是,森林从它们身上掉落
做着午后三点半,散落的豆乳粉
对麻薯做的事。词语也从它们身上掉落
发出咔咔的脆响。就像十岁前的我
为了找出这对亲昵的小玩偶
徒手扒掉了成山的积木
最后,徽章从它们身上彻底脱落
它们长成了两只真正的
春天的小白兔

家属区

我的记忆起源于老楼前
终年破洞的石板。被折下的紫丁香
还没告诉我名字,夏天种下雨
长出青蛙。星光是宇宙的海滩
我拿着铲子,从沙滩下跑来,把沙子
重组成沙子。晚风把一天的热气
收起,煮成鱼肉香

发小家的炊烟如狼烟,召唤我
举筷出征,率领两只拧满发条的恐龙
他家的无花果树
大蔽数千猫,我掰开阳光下的绿拳头
啃掉又红又甜的掌心肉。登窗
入室,一座油画棒的敦煌
我们叼着冰棍,吸溜吸溜地
再趴到墙上,重绘远古文明

家属区的院里,蹭蹭站着
一排排蜀葵,昂着花头花脑
如满园猫鼬
垂着爪,瞭望我。我曾经走远过吗?

我好像只是又睡过了
一个午后,醒来,世界
都惺忪了。青菜还是嫩的,菜市场
却老了。对面的幼儿园是动物园,有
成功越狱的我,和在草地上被罚站
并被罚长生不老的长颈鹿。

家属区,你让我自幼就从饭菜
洞悉教授的本质,用无数闲言碎语把我
从末梢,拼出中枢。附小的人散了
书声散了,童年如一掷而出的雪球
雪停后,就再也没回来。

辑五　思往事

李香君在 1912

I

"啊啊啊呜呜呜嘤嘤嘤!"
她的撒娇是按着扁桃体揉弦
撒泼是在鼻腔中晾高音谱号
地狱里甜音绕梁,骚转久绝
要过 300 岁生日的小姑奶奶
小手一插,哄不好了!

1699 年,我又一次以 15 岁的身体
出生。扇面似的前额上点着
胎记的血。他们在我血液里起朱楼
在我血液里楼塌了。松树的血叫琥珀
我的血叫桃花。他们扇风,从腥风
扇到香风,从南京扇到北京。多么美妙啊
在死后,我终于不死了。

但她怎么也死了?一个扮演我,却不扮演我的忠贞的
女角儿。1912 年,她自刎的剑
割开了我地府顶的排水管,大块的天堂

往我脸上砸。紫禁城是
一座冰山,被战舰击碎了,甚至连龙椅都
漂流进了温热的太平洋
我在阳间探头探脑如
画眉刺探每一种春天,大口呼吸白日中
因我的流芳,而更加香甜的空气

Ⅱ

可世道变了。世道不是因为
皇帝再不会登基而变的,也不是因为
美丽的男人再也没有美丽的长发
而变的。这世道失败于再也没有人
按戏活着。我敲着总统府的窗
捶着小屁孩的拨浪鼓又
猛拉扯戏班子的破丝竹,想告诉他们:
钱是逻辑,拳头是逻辑,而《桃花扇》是
最美的逻辑。要爱戏,但更要
成为戏。戏是一个少女金戈铁马地活着又
芳草离离地死去

我死成了这个语言里最古老
也是最痛苦的美人。死到我甚至都顿悟了
只有必死的躯壳里方能容纳
不死的爱。只可惜这一真理,杜丽娘不知道

林黛玉不知道,我又如何把这三百年的经验谈告诉
未来的程蝶衣?——爱不怕死,爱只怕
永远活着。活到《渔光曲》已经可以
被我的耳朵听懂,活到比每一艘老旧的渔船
都更明白"人生实难,死如之何"。
我只能轮回,在菱角和鹿角间轮回,在
鱼饵和鱼之间轮回。芭蕉是我用梅雨
新学会的琵琶,在江南流淌是我
重回江南的方式。

——赠陈晓蓓,最好的李香君

贺兰敏之

I

太子妃在我身下哭喊的时候我突然想让她
回去转告她未婚夫:"当儿子,是做不了男人的。"
当个奉天承运的、青鸾入梦的、忠孝仁义的
有权骑在天下爹的脖子上
挥鞭的儿子,更不是男人。那时我甚至
都忘了——我是外甥,我
更不堪。完事后我长舒一口
掠夺来的脂粉气,踱出院门。夕阳
像一个审判似的,包裹了我。它慵懒地吞没
长安的一条街,又一条街,懒得像一个
满足的寻芳客,带着他的红色仪仗
优哉,游哉地回家。不一会儿,日月当空
一种成双的恐惧向我压来。我感到两种
敌对的美铐住了我的左右手,就要将我
分尸于市朝。我怕……我怕夕阳又要
压倒朝阳,怕男左压不倒女右,怕
明明都是黑暗却偏要说是光明
战胜了另一种光明……我怕

日月当空，贺兰山万马奔腾
没有鞍，没有缰，却无比整齐地
朝都城奔来，解救他们被肉身囚禁的王

我，贺兰敏之。从半岁时在镜中
认出自己的那一刻，我就决定
做一个牡丹花般的人——男人。镜中，我看到美
如花似玉但更如刀、如剑
如一场战争。镜外，我又一次用这
日月当空的光，为我的雄蕊撒上金粉
贺兰敏之，我……

Ⅱ

禽兽，当一盘盘禽兽——飞的禽兽
走的禽兽，温顺的禽兽凶狠的禽兽
被端到我面前时，我想起了这个太子妃
送给我的称谓，脸上遂露出比偷腥
更甜的笑。多好啊……禽兽不会密谋
禽兽不会下毒，禽兽不会杀姊屠兄
弑君鸩母①……但却会开屏、
会打滚，会展翅飞成豪迈的太阳黑子

---

① 骆宾王《为徐敬业讨武曌檄》："近狎邪僻，残害忠良，杀姊屠兄，弑君鸩母。人神之所同嫉，天地之所不容。"

让日月当空都视我如浓黑的
眼中钉肉中刺。我低头,在鲜香的禽兽汤中
看到了一张动人的禽兽脸:像狐
像蝶,像我墓志铭上的"鸾章凤姿"
多骄傲啊……他们赢要靠践踏输
他们生要靠制造死,他们登基要靠
踢跪天下人。我?我赢,只需要站起
我生,只需要凝望;我登基,只要
我愿意微笑。没错——

天生色于予!君王,道德,时间,理智……
其如予何?振作起来,从一种
酒的温柔乡中振作起来,死谏一样
撞向另一座温柔乡。今天,就在今天
我要从全长安选出一位幸运女儿
享受我"普度众生"的恩德。那必是这位
全天下最尊贵的岳母——真的
她像一只能同时孵出太阳和月亮的
老母鸡。我的外婆,她的女儿杀女儿就宛如
母猫吃掉自己的胎盘。我多想顺着她
褶皱如夜的身体回去,像一个宫廷政变里的
王,顺着这阴湿的密道
爬回我的出生。爬回那个诞育噩梦的器官里
掐死她,或者掐死我。

Ⅲ

我几乎就要爬回去了!我看见了……
我看见了出生之前,看见了
那狐皮貂裘般温软的死。我看见了
我看见了一百年后、两百年后
长安一次、又一次地沦陷。起义军,
不过是和牡丹一样动京城。我们要
习惯它,壮丽的美德就是要习惯壮烈
可我始终没有看见
我是如何死的。若我是缢死的
那来生我便是一道
被不断向南勒紧的长江。若我是
毒死的,那我会成为雪,成为月亮
年年呕出的药引。若我被害,那我会做
兔子、羔羊、眼神清澈的鹿,奔跑在
昏君的围场里,替我的凶手赎罪
若我自杀,我要做山河
做岁月,我要永死
而不朽。

我希望,下一世
一切都会不同。会有一个
从未杀过人的皇帝。他的头顶

依然有日月当空——安静的
安静而清凉的
像一朵牡丹望着一颗星球。

希 孟①

——致舞者张翰

那个字迹秀美的宰相

创造了我。九百年前,他的字

如风吹马群,奔袭起

我散乱的命运。十八岁就

做天才的人是这样

二十岁就死的人

是这样。六行字。它狭窄到,都不够形容

我在人生最后一次生日宴上

看过的星星。当然了

我当然知道,很多人活出了我

几倍的寿命,却依然没有丞相

为他留名。这有什么办法呢?

在照亮宇宙和照亮冰河之间,我选择了

照亮纸

我选择了成为砚台上的

---

① 有一说为《千里江山图》乃清初收藏家梁清标集蔡京跋(1113年)、李溥光跋(1303年)与无名氏巨幅青绿山水画拼贴"再创作"的艺术品,并杜撰出了一个"王希孟"天才早逝的故事。(见曹星原:《王之希孟——〈千里江山图〉的国宝之路》)

孙悟空，绢纸上的小哪吒
用婉转的手翻起
雨的风火轮。他们在楼上、
在舟中听雨。我在汴梁的
耳蜗里听雨，在雨的身体里听雨
天给我颜色，天给我雨……雨
我相信雨曾平等地淋湿过我
和他，淋湿他可能苦吟过的
宋元明清。雨滋润出的青草
织起我们，古董商的巧手
抚平我们——我就这样窃走了
他金碧恢弘的一生
用我的名字——它孤零零地掉落在
一个马上就要破灭的王朝里，像两颗
空洞的回声掉入
一个白昼的雨

十八岁的是我不是你。我懒散
贪玩，每天在画中的亭台里
叼着酒壶闲晃。我想斗鸡走犬，想一事无成
想嚼着没有辣味的炊饼然后
变成天上不加盐的云。而你
你是冬夜里枯坐的人
雪是灯油，眼泪是灯油
点滴着，就坐成了一尊

山的守夜人。抽筋的手指
会在梦中,颤抖出一道新的河

我是你茫茫真迹的一生中
最大的赝品——蓝是真迹
绿是真迹;山是真迹
剥落是真迹。我们会在蒙住眼睛的
地府里相遇,像两只
断掉的左手和断掉的右手
别扭地紧握。来,让我们在大宋灭亡之后
再共同创造一种美。我去看
你去呼吸。我们
"分明是一位美少年。他只能十八岁
他不可能老。"
也不可能长高。我们是
拟人的颜色,是颜色都
灰飞烟灭的舞蹈

鱼玄机致恩师温庭筠

过度的人负其名令你只配
"名"垂青史
真相像高唐女,不解风情地去解
风的衬裙。只有钻得进蝴蝶装的紫蝴蝶
才可能了解:司马相如口吃,庾信是个胖子
纳兰容若要用东北方言,吟出我们的命运
"人生若只如初见"
以上幻灭均不及你
要用汹涌澎湃的丑,无视人间昼暖
拦腰淹没,小园里袅袅的湘妃竹

可上述知识通通对我失败
我是在如猫姣媚之前先如猫般
色盲的女人。蓝绿异瞳,也无妨我分不清
青丝和青烟的区别
汉字是我的视力表,重章复沓地铺满
我轻薄如纸的视网膜。所以,在我眼里
你是绿竹猗猗,我是薇亦柔止
舌苔寡淡的时候就摇一摇你
像一只春天的调味瓶

你说：呐，江边柳①。我答道，那不就是
树根里躲躲藏藏着我的姓
你眼里躲躲藏藏着我的名
你开口的时候，我在自己的身体里
听到了一模一样的江水声。江——
是一条脐带，连着汉语和长安。江——
我突然顿住，望向你——江在你眼里

而脐带，连在我们身体里
你笑了，说我孩子气。你说你从此便是
我的师父——不，你是我的父亲、
母亲，我的落地为兄弟何必骨肉亲。
在没有乳牙的岁月里
我一直在用这最不可告人的方式，日夜啜饮
你香艳的血液。与你同命
与你同病。你每命途多舛一句
我就脐带绕颈一匝
于是出生已令我九死一生
脐带绕颈三周——我果然
生来就注定被斩首示众

但我还是急着出生——不是为了

---

① 相传，鱼玄机（初名鱼幼薇）曾应温庭筠考教而口占命题诗《赋得江边柳》，其颈联为"根老藏鱼窟，枝低系客舟"。

遇见你,而是为了遇见
最好的大唐。听,画鼓声嗵
嗵嗵……黄昏里
渐渐长出一颗叫月亮的心脏。

醉清波（或鱼玄机与猫奥妙）
——给北京大学"猫奥妙"

清波习惯了荡漾一个少女和
老男人的故事。人影是城府更深的
花影，要从水哗啦啦的皮肤上，沉淀进
鱼儿嘀咕咕的嘴里。鱼从水面的影子里
衔走一颗眼睛，鱼在微笑的影子里
搅乱一场微笑，鱼在寻找
为什么水里没有它的影子？当它
困惑的时候，就会变成
鱼玄机，猫说我可以让你从此活得
明明白白，也就是
离开水。猫说我叫猫奥妙，我是
陆地上的鱼玄机

我们水陆两栖，我们和谐共生
我们要从绿头鸭口中，抢走
今年江底的第一茬桃花。我们跃出潇洒的弧
捕获柳树上嫩绿的饵。春天，只有我们
鱼玄机和猫奥妙知道
春天是宇宙的消化系统
最浪漫的消化系统。风咀嚼雪

粉红咀嚼白,你咀嚼我。我们是
食物与食客的舞蹈,是
生与死的协作。

每一丝裙摆都是注定的。它是
唐朝的猫毛、长安的鱼鳞,到洛阳
就要死掉的那种。就像我的诗
我的十三岁,也都是到了纸上
就要死掉的那种。我始终知道
鱼玄机是我,猫奥妙也是我
猫吃掉了鱼,我杀死了我,然后成为
我身体最甜美的一部分

卡米耶·克洛代尔致薄命司代理人

我需要敲门吗,先生?
毕竟,薄命和你一样,都是我
宿命的雅努斯。区别仅限于
一张脸十八岁,一张脸八十岁
那我就不客套了。茶呢?
孟婆汤太难喝了。让我想到了
罗丹最馋的他老妍头熬的洋葱汤
三杯下肚,前世还像
我的沙恭达罗一样线条分明。如此伪劣
她定是又在里面放了两双她私藏四十年的
罗丹的臭袜子。总之……哦,救命!
我急需用你的千红一窟漱漱口

老妪忆虽衰,也有几分烫嘴的阳间故事
可与你硌牙的好茶交换:
男人的名字叫八月。半秋不夏
用终生扯淡的姿势,劈着裂胯的横叉
脚踏两船灿烂与衰飒
我常带他逛巴黎下等妓院,为发痒的刻刀
遴选最逼真的维纳斯。但有些事
对他而言,是比骨相更蒙昧的一无所知

我却能用疼痛的虎口丈量——
女神多囊的卵巢里,死去的梦
比死胎更多。累累秋月缀满少女的腹腔
是我在为夜色身怀六甲

我的男人,只好把鲱鱼罐头般的妇人
制成鲱鱼抱枕,把在怀里
把我的十只流浪猫,熏得从良了九只
他是泥土中的唯美暴君,枕席上的逐臭之夫
扈樗叶与秕种兮,纫鱼腥草以为佩
恋人是一种后背。可以长出翅膀
或指指点点。我是他肩上的欧律狄刻
他用回头,将我火化成一场脚下的
鹅毛大雪。好让他抚着空洞的脊背
与登堂入室的新虱子
接吻为戏

此生第二大遗憾是
阳寿正常,没能死在此人前面
不,不,不是愧入贵司。而是
没法让大师知道,生前为你作娼的报应是
死后还要为你作伥。最大的遗憾还是
比猫少八条命。以至我只能为艺术
牺牲一次

遥寄纳兰容若

14岁——曾经,我也曾拥有这个,即使在大清朝
都可以做表妹的年纪。抚过书架,小妹的指尖
蹑手蹑脚,像提裙走过一座春溪上的桥
岸边,绿竹猗猗的表哥在书脊上
随风低头。他姓名清秀,朗诵起来
比环佩叮咚

纳兰容若,纳兰——容若。我已在舌尖沏好了茶
只等你,把香甜的字泡进去。四字小令
打开,就是一把江南纸伞,在酥油油的雨季
入口即化。一天天,你是我茶杯里的
少女时代。你佐餐,你伴读,你是
草长莺飞的马卡龙。每一次,我揭起书页
清香的心跳都像在揭你
乳白色的盖头

公子,和你一样
我也常梦进那多舛的回廊。空气中吹满
雾化的山桃,你执书,垂着头,犯困的时候
就和月色一样朦胧。侍坐久了
我已然在你的影子里长成了

一个熟练于赌书泼茶的晴雯。每一天的晨光
都在减损我，我要瘦削到红颜薄命
薄命成一纸书签，插足你的生死簿

推开雨，推开风，推开你对襟的衣橱
我看到，你多情的灵魂陈列其中
一尊尊多云转雪的冰裂纹。釉质的体液
再均沾，你依然是书中最像处女的男人
早慧的眼泪，一滴滴
启蒙我的晚熟：做诗人，要守身如
玉楼宴罢醉和春。师从鸟鸣，与马蹄
牙牙学语不惊人死不休

我多喜欢你的早夭。
比起出生，你更适合死亡。我挑灯望着你
回到天上，像羽毛回到翅膀。原来，
14岁的世界比4岁的世界还要娇嫩。
因为你，因为你水果般的哀愁。夏日泷漫
我常以此解渴。吞咽时
卷舌的动作像在默念：
"纳兰容若。"

汉　娜

"尊敬的马丁·海德格尔先生，女士们，先生们！"①

I

27年过去了，故国只在他的脸上
遭遇过一场轰炸。声音如雪崩
从演讲台上滚落。让他突然想起很多年前
她托腮坐在课堂上，像阿尔卑斯托着雪。
一个小小的、忧伤的雅典娜
他想伸手摸摸这头顶，而她
会抬起头，若有所悟。而他就会成为大陆上
最温柔的普罗米修斯。

声音滚落，滚落成人群中的小径
他回头望去，人群
是一片20岁的树林。树荫窃窃私语，叶脉
是颤抖的古希腊文。她穿着绿色长裙跑来
赤脚踩出了一条

---

① 1967年7月26日，汉娜·阿伦特于弗莱堡大学举行关于本雅明的学术报告，这是她的开场白。

唯一的林中路。她说要
提一个问题,如果得不到答案
就去死。43年了,那悲伤的执拗
仍在她身上,硬化成了某种
无法被代谢的器官。比如她说美音时
依然打不了弯的德语腔。

Ⅱ

她站在演讲台上,像一尊
从哭墙上涌起的浮雕。相似的场景是
很多年前,清晨
她伏在他胸口上说,他的胸膛是一座
滴汗的耶路撒冷。可惜啊,如果他还能回到
30岁的讨论班,他会用一种
更形象的方式来讲授,这鹅蛋脸的逻各斯
讲一种,名叫疼的实在和
名叫老去的时间。此在是
只现身一夜的美人——和她不一样。
然后教案的封面会写上:
真理不是感性的,真理
是性感的。

她老了,有一种唇枪舌剑的美。
她瘦了,瘦得纵横捭阖。在寒冷的

听证会上,他不觉得自己有罪。失去教职时
也不觉得。但此刻,他突然想忏悔——
当她温柔地笑过来,嘴边是
二战时的扩音器。在只有死神不会失业的
岁月里,贤妻爱子归他,声名鹊起归他
高贵的种族归他。她则有的是饥饿
有的是贫困,有的是死无全尸……
她活得那么像个人。

Ⅲ

汉娜——这个女孩,
破碎让她完整。像断臂
是维纳斯最完美的一部分。
转身离去时他没有想到,下个世纪
这个秀美的汉娜,仍然会以十八岁的面目
热烈地闯入一个
十八岁的汉人内心。和马堡的
烈火不同,真正性感的知识
如烈水,从春日里
当头浇下。

杨过与黄药师

谁还不曾是个少侠了？我记得
五十年前，也是这样的月色当头
那时的我，影子铺在地上；现在的我
影子坐在桌前。杨兄弟，你邪得实在动人
你邪得，让我在见到你的第一刻，就想在
你的名字里，创造一种风。
你说"眠风"好听么？好听，好听
听起来像一幅山水画，生来便适合消逝在山水里
"灵风"更是轻盈，就连你十六年后的袖子
也不及。"玄风"啊？玄风不行。它像抄书抄得
风卷残云但突然抄不下去了
洇下的老大一摊墨。至于那本书？不提了
不提了。

老邪啊，你家的女人，比你家的风更要命。
她们抚养我，摧毁我
又点亮我。她们对我做的事就像女人
对男人做的事。夜里，我的右臂是玉峰针
穿思引恨，缝纫虚妄的骨骼。左手就着阳光
把重剑舞起，看掌心的茧已然厚成了
一颗新的心脏。我想起，我确实曾

攥住过一颗心脏。它不姓龙,它像
一块豹子奶做成的奶糕,是柔软到
无法用手抓住的手。啊呀,老邪
我突然想起,十六年后我将
抱着一棵襁褓中的桃花
在命运中疾走。为什么?
这一生,我都仿佛入赘到了桃花里

啧。好女婿,那我也告诉你一个
桃花深处的秘密:我爱的是梅超风。
我在她的身上爱另一个性别
另一段年纪,另一种命运。而在冯蘅身上
我只爱我自己。我爱她有狡黠的小腹
爱她夫家姓黄,我爱我因为爱她把死亡像花园一样
缀满我青翠的一生。这有什么离经叛道的?
只要月色够美,我也可以爱你。

彼此彼此!哦……今天的月光又开始写我了!
在长出新的尾椎前,我要赶紧
回故乡避避风头。坐回书里,合上
清香的封面,像合上一扇
会为我们捏肩的墓门。

风之画员写意

被风翻开,恋人的《语言学纲要》
第一章便是:人称"你"的特殊用法
她叫我画工,我叫他诗人
爱情的本质是储钱罐。把野草般的双音节
从千万座舌尖山丘上摘下
对准肋骨缝,学流星向宇宙投币
哐当哐当,十级心跳都颠簸不掉

咏一条舞姬,或画一把琴妓
都是因为,年老色衰的丝丝腻①
已无法满足好色少女以眼为镜的积习
照一根弦,照见我头上假发堆叠
如结果的乌云。貌若神女
枝繁叶茂的灵晕,从鬓边升起
裁一行字,偷师用笔女扮男装的秘诀。勾引得
直男为我尽折腰。我固定画,用的都是他们
弯成曲别针的脊梁

---

① 《风之画员》中女主申润福叫男主金弘道"老师"。韩语中的老师的发音"선생님"类似"丝丝腻"。

她是失足的燕子，在烛台间
金戈铁马。而像我这样的临摹者
则用夜色洗笔，把雪地般的情书越涂越黑
涂成刺客出工时的锦衣。用爬山虎的脚法
溜过矮墙，偷拍下这张三百年前的
月下情人

解开夏天的粽子叶，再解开
只可平胸不可平天下的缟素。露出
我把心脏长成了一颗四居室的茧
比比干更机巧的构造。开窍的标志是
蝴蝶阵阵，荡成模特头饰上的秋千
自画像是留给人烟的遗诏
我带走了春江，留下了桥

在张国荣自杀地前

走十小时盘桓的山路,到你面前
放一束百合花。那一刻,我想到的不是你
是戴望舒。我蔑视他。但在花躺下了之后
我更可怜他。我可怜他在一个
不美的时代喜欢一个不美的女人
哦,还为此写下了一首不美的诗。而你呢?
哥哥——我环顾四周
哥哥,你有这世界上最多的妹妹;她们
有这世界上最美的哥哥……那这个世纪
美吗?

它美吧?美到春天的地壳一松动,就会
从地上下雪,一上午便堆到二楼
美到朵朵祭品把百米高的墓碑
腌入味,让你可以全凭嗅觉
魂兮归来。它美什么美呢?你看满城拥堵的
玻尿酸,玻尿酸的物价
玻尿酸的爱情。每个夜晚,都有一千双
二极管的媚眼,向我投送
粉紫色秋波

我为你放下白色的花,尽管它在无限的白中
白得那么瘦小。我放下我十小时苦苦寻觅
反复迷路、倾家荡产的累,转身奔向一种
五光十色的累。不亲眼,我不会醒悟
维多利亚港的美皆源于加班
深夜的灯,文火慢炖着劳动者
多钙的骨头——神说滋补,
神说良药苦口。我拨开
要在空气中决堤的繁华
寻找你,拨开视网膜寻找你
你在广场般宽广的屏幕上跳着
长发如裙摆,裙摆如

一种节日——伟大的人死成一个悲剧
神圣的人死成一个节日。死得甜如粽
死得可口如寒食。无人比我
更懂这一点。自从15岁生日那天被
《霸王别姬》抛光了眼,你就是我的解放日
启蒙日、结婚纪念日,是我
身体里的赤壁之战。程蝶衣朝我眼睛的窗口
扔进火,烧毁脑内的铁索连环

那烂漫的火海,如今早已长出
离离青草,而我正是

捧着这离离的青草,站在你面前
遇见你,从你死的那一天。

1997年冬，赵汗青致卞之琳

I

我们多么轻巧地成了陌路，之琳。
1997年，那个一切都在纷飞的世纪
终于要驶向终点。而我还躺在摇篮里
混沌着，浑然不知向你
伸出手臂。摇摇，也许我就会抓住
奶瓶，安徒生，床头风铃上的
小马与天使。遥遥，我不知道你还
遥遥地活着，像另一个世纪的遗物，之琳

同样的月光照耀过我们。月光，和
199.7万年前装饰大熊猫的梦一样
装饰着我的梦，却唯独装饰了
你的窗子。记着你的人都死得
差不多了，月光
像一盏灯。你曾
提着它走进汉花园又
提着它走进防空洞，很快也要提着它
走上黄泉路。故人在月坑的阴影里

用雪,递来冬天的日历——大雪日
你和轻咳的日历一样敏感,又和
大雪一样茫然。

冬天,我是被连环画、动物园还有
钙铁锌硒维生素
越堆越高的雪人。而你却在融化着
从大雪,融化成小雪。

Ⅱ

融化成一部漏洞百出的《红楼梦》
最完整的一章叫
《卞之琳焚稿断痴情》
太平洋上的贾宝玉披上雪盖头
一去不回。美玉又在床上卧病,怀着
肺痨般的瑕疵。床脚的火盆
战火纷飞,像一种永不熄灭的40年代
我看着你的残稿和
残稿一样的你,有一种
遗孀跪在战后第二年的春天里
捡拾花瓣的平静。很多时候我想
问问你们这些死过的人
是否被文学骗了?就像我,至今仍觉得
文学就是长生不死。每一颗印好的铅字都是

含铅量超标的仙丹——我爱。
我在白天吃夜里吃兑着酒精
也兑着咖啡因吃,有时吃得多了
还会呕出几枚。像蚌
在受伤时呕出珍珠,朝大海托孤仿佛
这才是自己的遗腹子。

Ⅲ

蚌。你肯定比我更懂它——从肉里挤眼泪
越晶莹便越悬挂。我们把珍珠留下
去她胸口簪花,用唯一拿得出手的骨头
为她招蜂引蝶吧。来吧,给我贝壳
给我一双被割掉声带的翅膀。爱……爱?
爱。我们一直在说爱,不是因为有多爱
而是爱的发音最简单。我们被按在泥里
张嘴,张嘴,想说话的样子看起来如同
想飞翔。那么,我们吃下沙子会不会也像
吃下了云。

"空灵的白螺壳,你,
孔眼里不留纤尘,
漏到了我的手里

却有一千种感情"①
神秘的白螺壳,我,
孔眼里涛声四起,
我把它捧在耳边
听到了一千种呼唤——
"喂,东海螺?"
两岁时,我站在床上
如是问。那可能,是我第一次
听见你。

---

① 出自卞之琳《白螺壳》(1935年)。

图书在版编目（CIP）数据

红楼里的波西米亚 / 赵汗青著. -- 武汉：长江文艺出版社，2023.6
（第38届青春诗会诗丛）
ISBN 978-7-5702-3038-9

Ⅰ. ①红… Ⅱ. ①赵… Ⅲ. ①诗集－中国－当代 Ⅳ. ①I227

中国国家版本馆CIP数据核字（2023）第054531号

红楼里的波西米亚
HONG LOU LI DE BO XI MI YA

责任编辑：谈　骁	责任校对：毛季慧
封面设计：张致远	责任印制：邱　莉　王光兴
特约编辑：丁　鹏　曾子芙	

出版：长江出版传媒　长江文艺出版社

地址：武汉市雄楚大街268号　　邮编：430070

发行：长江文艺出版社

http://www.cjlap.com

印刷：湖北新华印务有限公司

开本：880毫米×1230毫米　1/32　印张：5.375

版次：2023年6月第1版　　2023年6月第1次印刷

行数：2772行

定价：52.00元

版权所有，盗版必究（举报电话：027—87679308　87679310）

（图书出现印装问题，本社负责调换）